U0044035

青春選讀

愛倫坡

目次

編輯室報告

惡魔在身邊——見證
邪惡意念的穢土轉生

逗點文創結社 總編輯
陳夏民

之所以出版愛倫坡的選輯，純粹因為二零零四年看完電影《奪魂鋸》，內心激動無比彷彿發了狂的緣故。

提起愛倫坡，許多讀者應該覺得熟悉，畢竟名列經典之林，甚至連推理懸疑小說都有以之命名的獎項，但除卻坊間對他的親近印象，真正讀過愛倫坡作品的人其實不多。即便如此，他的陰影始終在人世間徘徊。

當代恐怖作品甚至社會事件，都能看見愛倫坡筆下人物、情節、意象彷彿《火影忍者》中操作死人復甦之術「穢土轉生」，不斷侵擾我們的理性與安寧。例如《奪魂鋸》。

當年的我看完《奪魂鋸》，先不論結局那驚人翻轉如何讓人頭皮發麻，光是目睹各種陷阱的冰冷反光以及人類肉身血花噴飛，讓我終於讀懂愛倫坡最莫名其妙的作品〈陷阱與鐘擺〉——原來，只要把人丟進一個密閉的空間，就能以「命其懺悔」的正義之名，對他施加任何形式的暴力。

此後，愛倫坡成為我觀賞恐怖片時的彩蛋指南：在《月光光心慌慌》、《驚聲尖叫》等面具殺人魔電影中，眾人參與萬聖節狂歡或以調侃殺手裝扮為樂，卻看不見死神在身邊，這不正是〈紅死病的面具〉？當我們觀賞《恐怖旅社》

或《奪魂鋸》等暴力春宮電影（Torture Porn），看見受害者支離破碎忍不住閉上眼睛時，不也見證了〈黑貓〉或〈告密的心〉中反社會的凶手們揮刀亂舞幾近高潮的瞬間？

說來害羞，這一本選集是恐怖片迷的野人獻曝，一方面雄心壯志，期待有人理解這名酒鬼是如何刻劃人心最凶險暴力的遊樂園，另一方面卻也憂心忡忡，希望透過愛倫坡筆下加/受害者的自白，讓讀者辨識那如病毒般擴散傳染的惡意，進而領悟，如同恐怖片情節般的邪念其實離我們近得要命。

領讀

恐怖與心魔

跨界藝術家
潘家欣

開始讀愛倫坡這四篇短篇小說以前，我想先聊一聊恐怖小說是什麼。

恐怖小說之所以深受歡迎，是因為恐怖能提供的感官經驗，真的、真的非常刺激，隨著神祕的文字氛圍、懸疑的劇情、血腥暴力的描寫來層層推進，最後終於抵達好可怕的結局，大腦因為緊張而分泌出大量的正腎上腺素，讓讀者的心臟噗通、噗通跳個沒完。不管結局是什麼，好看的恐怖小說往往讓讀者會有「意猶未盡」的感受，知道故事還沒有結束，而且可能永遠不會結束。

但是，刺激過後呢？為什麼有些經典恐怖小說，會讓我們回頭一讀再讀？

恐怖小說最恐怖的結局，就是鬼怪都不恐怖，最恐怖的還是人。是人的心在策動黑暗，也是人的心在幻想、編寫各種未知的可能，鬼怪的邪惡有極限，人的邪惡則源源無止盡，鬼怪有跡可循、有法器可防身，人的心則永遠看不透，也防不了。

所以，要寫好恐怖小說，必須探討什麼是邪惡，什麼又是人的心魔。

基督教世界對於人的罪責著墨甚深，認為人類是最脆弱、易受誘惑的造物，所以歸納出人類常犯的「七宗罪」，這七宗罪的名稱隨著時代與詮釋者的想法略有變遷，但大致上為：傲慢、嫉妒、憤怒、怠惰、貪婪、暴食、色欲等七種，這七宗罪，導致人們做出傷害別人的行為，也會腐蝕人們心中的良善。

愛倫坡在這四篇小說之內，取用了傲慢、嫉妒、憤怒、怠惰、貪婪這幾種常見的「罪」，引發讀者的思考與共鳴。同時，愛倫坡明確批判了這些「罪」，接下來，讓我們探討

「罪」到底是什麼？若是採取現代社會的價值觀，這些「罪」又該如何定奪？

第一篇小說〈紅死病的面具〉，明顯採用中世紀大規模瘟疫「黑死病」的典故，不過，愛倫坡卻沒有著墨於疾病如何橫掃歐洲大陸，反而把鏡頭對準了一個小小的修道院——在修道院之內，有個拋棄人民、背棄職責的大公，帶著一幫寵臣名流，進駐到封鎖的人間仙境之內，徹底與瘟疫隔絕、只想以歌舞、美酒佳餚歡愉地度過餘生。

看看，這紅死病簡直跟SARS、新冠肺炎一樣嘛！當未知病毒襲來，而我們完全不知道要如何防禦、如何抵抗，不要說疫苗，連病症傳播方式都還弄不清楚時，人們會有多恐慌？於是我們只能緊急封鎖所有日常活動，把自己囚禁在家中，盡可能避免外界接觸。這正是大公在做的事情，而紅死病仍然神祕地進入封鎖的仙境之中，祂是如何進入的？死神又會於何時現身？

凡人終有一死，無論逃到何處，死神都與我們同在，這是生命的本質，無論如何貪求生命、無論身著華服或破衫，結局都是一樣的：我們會死。那麼，當生命之光熄滅，我們可能必須思考的是：我是以什麼姿態死去的呢？我是否盡到了對生命的職責與熱愛？或者是以貪婪的懦夫之姿死去？當死亡公平一致地來臨，你在想什麼？

從第一篇開始，我們可以理解，愛倫坡認為人是要對自己的選擇負責任的，也就是說，愛倫坡是一個相信「人之意志」的作家。這一點，可以從第二篇〈陷阱與鐘擺〉中，進行更深入的探討。小說中的主角被丟入了宗教裁判所的地牢中，而西班牙宗教裁判所向來以酷刑聞名，這些酷刑不只把人切成一片片、血肉橫飛的酷刑，更加殘忍地利用黑暗、恐懼、未知與孤獨，讓受囚者的身體和心靈都遭受反覆虐待，最後崩潰。

而主角也在遭受精神與肉體虐待的過程中，反覆與自己對話，從中展現人類求生意志的高貴——是的，活著本身就是一件非常了不起、非常高貴的事情，為了活下去，我們必須克服自己對未知的恐懼，也必須克服肉體上的種種磨難、病痛、凌遲，甚至必須與髒汙鼠輩合作。而小說結局相當正向，愛倫坡相信堅持意志必定迎來光明的結局，若是遇上生命的低潮時刻，請讀一讀這篇小說，真的非常激勵人心呢。

第三篇〈告密的心〉，讓我們感受到主角處於「精神分裂」、「人格分裂」之狀態，很自然地，聯想到這幾年所正名，逐漸被社會大眾認識、討論的「思覺失調症」，患者會產生幻視、幻聽、被害妄想等等症狀，進而影響到社會適應能力。不過，與其說愛倫坡利用精神官能症的前期研究來寫恐怖小說，不如說愛倫坡仍然在裡面偷渡了非常古典的基督教善惡觀，相信善有善報、惡有惡報，所以讓主角在警官盤問時發病，最後自承了罪行。但，在現代的心理學與精神疾病的研究之中，我們可以理解到人的身心是非常複雜的組成物，對於殺人的罪責，社會固然可以使用「法律」來加以制裁，但無論是死刑或無期徒刑，都無助於解決「人的心可能會生病」的事實。就算我們處決了犯人，但會不會在哪一天、哪個角落，又有病患因為發病而做出傷害自己、傷害別人的事呢？

刑罰只能進行有限的制裁，無法防患於未然。對於人的心為什麼生病，我們究竟理解多少呢？目前的社會大眾對於精神疾病的認知，還處於非常淺薄、汙名化的階段，**而對於如何重視、照料自己的「心理健康」，更是陌生**。我們或許可以思考：在一個健全的社會制度下，人的身體病痛是可以**被討論、被醫療、被陪伴與支持的，而不是把他們摒棄於社會之外**。那麼，人的心理病痛，是不是也可以被同樣對待呢？

在愛倫坡寫作的時代，心理學與精神疾病的研究還很初期，小說家描寫的或許是行為本身，而非背後深沉的動機。前面提過愛倫坡寫作時，是以傳統善惡對決的觀點出發，所以，在最後一篇〈黑貓〉，可以看到惡有惡報的經典結局。

主角雖然剛開始是個軟弱而善良的人，卻因為染上酒癮，轉變成一個會虐待動物、家暴妻子的怪物。愛倫坡在小說中，將傲慢、忌妒、憤怒這些罪惡的原型，通過酗酒者的脫序行為來展現，也透過主角的伏法，說明他認為人世間的一切結果，必有其因。更相信在死亡來臨時，一切天平上糾纏的罪孽，終究都會獲得清償。

但，真的只是如此嗎？

讀完〈黑貓〉大快人心的結局時，或許也必須打個問號：若是警察沒有走進地下室呢？主角是不是會繼續酗酒、繼續虐殺其他活物？或者，想得更深沉一些：主角虐殺行為的動機，只是因為酗酒而造成的嗎？酒精會傷害人類的大腦，導致性情大變，但又是什麼原因造成主角的酗酒呢？

主角心中的良善與道德感尚未泯滅，於是愧疚感加重了他行為的乖戾，以及內心的拉扯，這正是本篇小說之核心議題——恐怖源於心魔，而心魔出生於善惡之爭、出於人類對於罪惡的恐懼、對良善的渴求。如果說邪惡是光明的側面，那麼很不幸且確定的是，人類的靈魂將會在這兩者之中永恆地擺盪、永恆地拉扯並且受苦——也就是恐怖小說超級恐怖的終極理由。

潘家欣——一九八四年生，繪畫與文字多棲工作者。著有詩集《妖獸》、《失語獸》、《負子獸》、《雜色》、《珍珠帖》；藝普文集《藝術家的一日廚房——學校沒教的藝術史：向26位藝壇大師致敬的家常菜》；插畫作品有《暗夜的螃蟹》、《童言放送局：日治時期臺灣童謠讀本（2）》、《虎姑婆》等。

STORY
01

紅死病的面具

The Masque of the Red Death

「紅死病」在這個地方猖獗已久。如此要命或可怕的瘟疫可是前所未見。血即是其化身與標記——紅色的血，駭人的血。這病會引發劇痛，造成突發性眩暈，再來便是致人於死的毛孔大量出血。出現在患者身上，特別是臉上的猩紅色斑點就形同一道禁令，將外界一切幫助與親朋好友的慰問重重斷開。而從感染、發病到喪命，整個過程只消半個鐘頭的工夫。

但普洛斯培羅大公是個樂天、有勇且多謀之人。他見領地裡的百姓死了大半，便召來朝中精神矍鑠、胸襟曠達的騎士與命婦，帶著這為數一千名的朋友到治下某座僻靜非常，形如城堡的修道院住住。這修道院占地甚廣、規模宏壯，就按大公他怪誕卻叫人敬畏的品味來打造。院外環繞著堅固的高牆。高牆上安了一道道鐵門。待大夥兒全都進了修道院，那些朝臣就扛來熔爐和大鐵鎚，將門子焊得死死死。他們把心一橫封了這出入之道，以斷日後因絕望或瘋狂而頓生的去意。修道院內吃的喝的用的是色色俱全，不虞匱乏。既有這般周全的準備，眾朝臣又何須操心什麼鬼傳染病？外頭怎樣他們可管不著。這種時候呀，悲悲戚戚、冥思苦索簡直是浪費生命。大公早已打理好能供眾人追歡取樂的一切。現場有小丑、即興詩人，還有芭蕾舞者、樂師、佳人與美酒。修道院內既有愉逸，又可保安。修道院外則有紅死病。

就在普洛斯培羅大公隱居了將近五、六個月，院外疫情最為慘重的時候，他辦了場忒氣派的面具舞會，宴請這一千名的朋友。

鮮

這面具舞會可真是豪奢放逸，聲色縱橫。不過首先，且容我交代一下舉辦舞會的場地。那是七間房——合為一組寢殿般的大套房。這種套房在帝宮中大多建成直直通到底的長矩形，只消讓各個房間的拉門盡量往牆的某側滑動，就能飽覽整組套房的內部風光。但，此處的大套房卻不然；這應是不難推知的，畢竟大公特好**怪奇**。這幾間房組出了個極不規則的形狀，導致一次頂多能看到一兩塊地方。每隔個二、三十碼就會碰上一個大轉角，每急轉過一角，眼前便又是一片全新的氣象。房裡左右兩面牆的中段都開了扇長長窄窄的歌德式窗戶，窗外即是就著大套房的外牆蜿蜒曲折的迴廊。這一扇扇窗都嵌著彩繪玻璃，玻璃的色彩則視該窗戶向著的房間，其內部擺設的主要色調而定。好比說，位於最東邊的房裡垂掛著藍色的裝飾物——這間房的窗戶便藍得鮮明。第二間房裡布置了紫色的裝飾品與繡帷，因此窗玻璃就是紫色的。第三間房裡擺的掛的都用綠色的，窗戶當然也不例外。第四間房裡配了橘色的傢俱，打著橘光——第五間房裡一片白——第六間房裡全是紫羅蘭色的。至於第七間房裡，一張緊接著一張的黑色天鵝絨繡帷就如裹屍似的蓋住整面天花板與牆壁，垂落而下的帷褶則層層疊疊地披在同樣質地與顏色的地毯上。但獨獨這間房的窗子，顏色未符合室內裝設之物的色彩。這兒的窗玻璃是猩紅色的——深濃的血色。而這七間房裡難計其數的名貴擺設中，無論是隨處擱放的、吊於天花板上的，竟不見一盞燈或枝形大燭台。這由七間房併成的大套房裡，沒有一絲一點由燈燭而生的光亮。倒是那順著套房迂迂曲曲的迴廊上，加設了一支支安了盆火的沉沉三腳架立在套房的一扇扇窗前，火光便從窗子的彩繪玻璃透入房間，將滿室照得通明。就這樣，各色豔麗奪目、不可思議的房中奇景於焉形成。只是位於西角的黑房裡，火光自那血色窗玻璃打上黑色帷幄之後，卻產生一種極其陰森的效果，致使入室之人見了無不大驚失色，結果膽敢踏入這塊天地的，實在寥寥無幾。

也正是這間房裡，有座奇大無比的黑檀木鐘貼著西面的牆壁而立。黑檀木鐘的鐘擺一左一右來回擺盪，發出又悶又沉又單調的聲響；每每分針走完鐘面一圈，迎來整點報時之際，黑檀木鐘的黃銅肺便送出清楚、響亮、渾厚，而且音樂性特強的鐘聲，偏偏這音調與強弱之間的轉換是那麼異乎尋常，因此整點一到，管弦樂團的樂師們還不得不中斷演奏，聽聽這聲音究竟是怎麼回事；於是跳著華爾滋的男男女女不得不停止旋轉；然後，正在興頭上的大夥兒便於這片刻之間變得侷促不安；那鐘聲一下接著一下打的當兒，只見玩得最起勁的幾位臉上漸失血色，年歲較長與性格較為沉穩的那些則以手扶額，彷彿墮入了五里霧或處於沉思冥想的狀態。不過，待鐘聲總算停止了低迴，會場便隨即揚起一陣輕輕的笑聲；樂師們你看我、我看你，不禁莞爾一笑，似是在笑方才神經兮兮、傻頭傻腦的自己，笑完還壓低嗓門向對方起誓，說下回鐘響時，可別再這般老大吃驚啦；然而，就在六十分鐘之後（也就是那似箭如梭的光陰又過了三千六百秒之後）、鐘聲再度敲響之時，先前那侷促不安、那顫顫巍巍、那沉思冥想也復又重現。

儘管如此，這依舊是場令人愉悅的盛大歡宴。大公的品味出奇。他在色彩與效果方面可謂慧眼獨具。他鄙棄一味附庸時尚的**裝潢**。他的設計狂放不羈，構思閃動著獷悍的光芒。或許有人會覺得他瘋了。擁護他的人可不這麼認為。要**確知**他沒瘋，必得聞其言、見其人，與他有所接觸。

為了這場隆重的**盛典**，大公親自上陣，那七間房裡可動的裝飾多是依他指示而設的；他那強烈的個人風格更賦予會眾一股別趣。不消說，他們一個個看上去都好怪。舞會上耀耀成光、閃閃發亮，簡直是刺激萬分、光怪陸離——像極了當時《艾赫納尼》劇中的場面。有人裝扮成不倫不類的怪物。顛顛倒倒、恍恍惚惚的情調流乎其間，狂人之風便是一例。多得是人打扮得花枝招展，多得是人放浪形骸，多得是人**荒謬古怪**，當然也不乏可怕的，叫人作嘔的亦不在少數。事實上，大步往來於這七間房的，是無數個夢境。這些夢

——無數個夢境——翻呀翻進房，再扭呀扭出去，身上沾染了不同房間的顏色，而管弦樂團狂熱的演奏就宛若他們足音的迴聲。然後，過沒多久，那立於天鵝絨之室的黑檀木鐘敲響了。然後，在這一時半刻間，一切都靜了下來，一切無聲無息，唯聞報時聲響。那些夢境就凍住原本的姿勢凝立在原地。但鐘聲再低迴，終究會轉弱，會休止——這前後不過一眨眼的工夫罷了——然後，一陣輕輕的、半壓抑的笑聲會接上業已消亡的鐘聲，悠悠揚起。這個時候，樂聲再度大作，夢境也活了過來，甚至比稍早之前更歡快地於這兒那兒翻扭著，霑染那一扇扇彩繪玻璃窗經三腳架的火光照射後，釋放出的五顏六色。然而如今，這些戴著面具的人已經沒半個敢到七間房中最靠西的那間去了；原來夜色漸闌珊；而自血色窗玻璃淌入的光變得更紅了；那喪服似的黑漆漆帷幄委實叫人不寒而慄；更何況，一旦踏上房裡的死黑色地毯，還得一聽附近的黑檀木鐘發出遠在其他房內縱情作樂之人難以聞得，更加莊嚴、更富抑揚的悶沉鐘響。

咚
咚
咚
咚
咚
冬
咚
咚
咚
咚
咚
咚

不過其他房裡倒是接踵摩肩，擁擠得不得了，一顆顆充滿活力的心臟在其中狂熱地跳動。歡宴越炒越熱，直到鐘敲響了午夜的報時聲。接著，便是我先前所述，音樂斷了；跳著華爾滋的男男女女停止旋轉了；現場照舊陷入那不安的靜止狀態。只是這回，鐘會連敲十二下，連響十二聲；於是，沒準兒就有更多念頭隨著時間的拉長，潛進這群玩得酣暢淋漓的賓客中若有所思之人的冥想世界。於是這回，同樣地，沒準兒在那第十二下鐘響的迴音徹底沉寂之前，賓客中就有好些人由於這逸暇而總算察覺出先前誰也未曾留意過，一道戴了面具的身影。大夥兒竊竊私議了起來，生面孔乍現的消息便這麼一傳十、十傳百，後來，場上竟是一片嘰嘰喳喳、唧唧嘟嘟，可知會眾對此事非難不斷、驚訝連連——最後，這片聲音中還參雜了恐懼之情、驚怖之情、鄙厭之情。

就我筆下這麼一場光怪陸離的聚會而言，若只是一般人現身，沒道理引發如此大的騷動。真要說起來，當晚的面具舞會在裝束方面毫無限制；豈料該名人物看上去比希律王還更希律王，甚至凌駕了大公那率性任意的格局。哪怕是最玩世不恭之徒，總有幾條會受情感左右的心弦。即便是不把生死當回事兒的墮落之類，也有那麼幾件事是開不得玩笑的。如今，是啊，與會眾人似乎強烈認為該名怪客的裝扮與姿態一無妙趣，二不得體。這人有副高而瘦削的身形，從頭到腳都裹在壽衣裡。罩在臉上的面具活像一張殭屍臉，逼真到就近細看也難辨真偽。不過在場發狂行樂的人們對以上幾點雖不認同，倒還不算無法忍受。問題就出在這名默劇演員未免太沒分寸，竟然扮作紅死病。他的衣服上濺滿了**血**——而他那片寬寬的額頭和五官上，都布著恐怖的猩紅色斑點。

普洛斯培羅大公乍見這副幽靈般的形象（其抬頭挺胸、

緩慢而莊嚴地在跳著華爾滋的人群中來回走動，就像要將**角色**扮得更加完美）時，激動得——或許出於恐懼，或許出於嫌惡——渾身亂顫；但，才一轉眼，他已氣得滿面通紅。

「是誰膽子這麼大——」他用嘶啞的聲音盤問朝臣——「敢以輕瀆的玩笑羞辱我們？給我把人拿下，摘下面具——看看將於日出之時被絞死在城垛上的，到底是什麼人！」

普洛斯培羅大公說這話時，人是站在東側的藍色房間裡的。他的話音響亮而清楚地傳遍七間房，畢竟大公性格豪邁、體魄強健，他才把手一揮，樂聲便戛然而止。

鮮

大公就這麼立於藍色房間中，一幫面色蒼白的朝臣隨侍在側。他剛開始發言，這幫人還趕緊往該名不速之客的方向稍稍移動幾步，怎知本在不遠處的怪客反而從容、穩重地朝大公而來。但默劇演員那派猖狂的傲慢行徑已激起大夥兒某種不可名狀的恐懼，沒人敢抓他；他遂在毫無阻攔的情況下，往大公的寸步之外走過去；接著，只見一大票會眾紛紛從房間中央退至牆邊，怪客依舊邁著最初那與眾不同、正正經經的四方步，一路自藍色房間暢行至紫色房間——又從紫色房間走到綠色房間——再從綠色房間走到橘色房間——

繼續從橘色房間走到白色房間——乃至進入了紫羅蘭色房間，總算有人採取行動，上前捉拿他。說那激忿填膺，並為自己一時怯懦而大感羞愧的普洛斯培羅大公是一口氣衝過六個房間來了，但那批朝臣卻仍驚恐萬狀地杵在原地，誰也沒跟上。大公高舉出了鞘的匕首，意急心忙地奔向那揚長而去的傢伙，就在距離對方不到三、四呎時，已步至天鵝絨房間最尾部的怪客猛一轉身，面對自己的追捕者。然後一聲淒叫傳來——匕首光閃閃地落到黑如喪服的地毯上，緊接著，普洛斯培羅大公便倒地不起了。那一大群縱情行樂之人才壯起義無反顧的勇氣，拔腿湧入黑色房間抓住默劇演員那一動也不動，直挺挺立在黑檀木鐘暗影裡的高瘦身軀，卻旋即倒抽一口涼氣，驚愕之情無語可表。原來他們強拉硬扯的那套壽衣與那只殭屍面具裡，並不存在任何可被觸知的形體。

這下子，紅死病的造訪便獲得了證實。他如夜賊悄悄上門了。這群縱情行樂之人一個接著一個倒在滿是血泊的歡宴場，一個接著一個現出絕望倒地的死相。而隨著最後一名歡客的橫亡，那座黑檀木鐘壽終正寢了。然後，三腳架的火光也滅了。再沒什麼能逃離黑暗、衰敗與紅死病的掌控。

跟隨跨界藝術家潘家欣的思索，尋找小說中疫病隱喻的核心與激盪！

1「紅死病」在小說中被描述為一種傳播快速、致死率極高的疾病，由於瘟疫的傳播，使得人類改變原本的生活習慣。現在我們是否擁有同樣面對瘟疫的生命經驗呢？可以想想看你覺得現代社會的生活如何被疾病改變嗎？

2小說中的大公擁有統御能力，對於紅死病卻完全無法抵抗，只帶著上流社會的有錢人躲到安全的避難所，享樂人生，你對於這樣的行為有什麼想法呢？

3 如果你是大公，面對來勢洶洶的傳染病，你會怎麼做呢？

4 你認為現身修道院的神祕客，真的是紅死病的化身嗎？又為何戴著面具呢？

5 如果紅死病不僅只是疾病，而是一種象徵，你認為小說家可能在隱喻什麼呢？邪惡？空虛？絕望？

STORY
02

陷阱與鐘擺

The Pit and the Pendulum

這兒曾是一群貪嗜無辜之血的邪惡
掌刑暴民，祭其難填的狂執巨鑿之所。
而今祖國安泰，催命之窟蕩然無存，
生命與康健始現於一度死氣森然的凶地。

此四行詩題於巴黎由雅各賓俱樂部改建而成的集市大門上。

罪
惡
罰

我一陣反胃——那長時間的折磨叫我噁心得厲害；等到他們終於替我鬆綁，也允許我坐下了，我感覺自己已經快不省人事。那道判決——那道要我納命的可怕判決——我這雙耳還能清楚聽見，最後的有抑有揚之聲。接下來，宗教裁判所那幫人的話音似乎沒入了某種朦朧、含混的嘈雜聲中。他們的話音在我靈魂深處留下了「迴旋」的印象——或許是我在迷迷糊糊之中，聯想到水車軋軋轉動的聲音所致。不過這般印象轉瞬即滅，畢竟要不了多久，我就什麼都聽不到了。然而，有那麼一陣子，這雙眼還能看見——甚至過分放大了局部的畫面！我看見那一個個身著黑袍的裁判官的嘴。在我眼中，他們的唇色是那麼白——白過我現正用來書寫的紙張——而且薄得離譜；如此之薄，看上去卻何其堅定——說一是一，說二是二——何其決絕、滿不在乎地對人施以酷刑。我看見關乎我死活的判詞仍從那幾張嘴裡滾滾而出。我看見它們隨著與奪生殺的措辭扭扭屹屹。我看見它們按著我名字的音節東動西動；我震顫不已，因為該接著出現的聲音並沒有出現。我在這一陣幾近狂亂的恐懼狀態下，還看見蓋住整室牆壁的黑色簾幔正輕之又輕，幾乎以肉眼難以察覺的幅度微微盪著。然後，我的目光落到立在桌案上的七根長蠟燭。起初，蠟燭看上去多麼慈憫，儼如七名身材纖瘦，願意拯救我的白色天使；然而，就在須臾之間，一陣最是要命的噁厭感襲入我靈魂，接著我便彷彿觸碰到伽凡尼電池裡的金屬線那般，感覺體內的一條條肌肉纖維都在不由自主地激顫，那一名名天使則化作頂著火焰的無謂鬼影，叫我明白自己無援也無助。然後，有種念頭就像只優美的音符潛進了我的想像：於墓中長眠是何等之美事呀。這個念頭輕輕悄悄地來，我似乎好一段時間之後才徹底感悟到；但，等到我終於有精神去體會並琢磨此念，那些裁判官的身影竟好像變魔術似的消失在我面前；七根長蠟燭已化為烏有；燭火盡滅；取而代之的是一團伸手不見掌的漆黑；我的所有感知就彷彿於一陣可比靈魂直墜地府的疾速中給湮沒了。再來，天地間一片靜謐、一片死寂，猶入長夜。

我先前確實暈了過去；不過要說完全失去了意識，倒也不至於。但如今的我已無意去界定，甚或描述當時尚能作用的感官；總之我並未完全失去意識。哪怕睡得最沉時——不會！神志惛憒時——不會！陷入昏迷時——不會！處於死亡狀態——不會！即便入了土，人也**不會**完全失去意識。否則人又何來不朽之說？我們會衝破**某些**細若蛛絲的夢網，從最深沉的睡眠中醒來。但俄頃之後（這道夢網可能極其脆弱），我們即已忘卻自己先前在作夢。人從昏迷狀態中清醒前會經歷兩個階段：首先是心理或精神層面的甦醒；其後則為生理層面，存在本身的甦醒。到達第二階段時，若我們能溯及第一階段的印象，八成會發現這些印象足以勾起我們對彼方那道裂口的記憶。至於那道裂口，便是——什麼？哪怕只是粗淺，我們該如何區分裂口裡的魆黑與墓中的暗影？

又，即便我方才稱作第一階段的印象並未隨意浮現，它們難道不會於事隔許久之後闖將而至，反倒叫我們驚怪這些印象究竟打哪兒來的？凡是未曾陷入昏迷之人，是不會從熾然炭火中瞧見陌生的宮殿和極為熟悉的面孔；是不會看到或許許多人都無法睹見，在半空中飄浮的悲愁幻影；是不會為了某種奇花的馨香納悶老半天；是不會被自己從未留意過的如樂抑揚之聲，所具的寓意搞得莫名其妙。

在我頻繁且認真、竭力追想的過程中，在我一心掘拾靈魂陷入貌似空無狀態的某種表徵之奮戰裡，有時我確實認為自己辦到了；確實有那麼幾段短之又短的瞬間，我喚醒了一些待我之後理性清明，便曉得這些只可能與那貌似無意識狀態有關的記憶。這些記憶的暗影含混訴說著曾有幾名高個兒將我抬起，然後半聲不吭地往下——再往下——還要再下——沒完沒了似的一直往下走，一股極度不適的暈眩感向我逼來。暗影還道出我當時對自己的心懷有某種隱隱的恐懼，我那靜得反常的心。接著，便是一切倏地打住不動的感覺；彷彿抬著我不斷往下走的那幾位（好一列令人毛骨悚然的隊伍！）已然越過了無限的界線，於是停下來歇歇甚是勞頓的筋骨。然後，我想到平坦，想到潮溼；然後，淨是癲狂——因汲汲於憶起再不能憶起之物事，所生的**癲狂**。

然後，我的靈魂驀地恢復了活動與音聲——心激越地搏動著，心跳聲也傳進了我耳朵。再來，一切停頓，一片空白。不過片刻之後，音聲與活動又回來了，以及觸覺——一股流遍全身的刺痛感。再來，無意無念，純粹的存在意識——這狀態持續了好一陣子。再來，十分猝然地，**意念**，以及叫人不寒而慄的恐懼感、設法掌握自己真實處境的殷切感齊湧而上。再來則是對陷入人事不省狀態的強烈渴欲。再來，靈魂急遽甦醒，經我稍加嘗試之後，身體想動也能動了。此時，關乎那場審判、那幾位裁判官、那片片黑幔、那道判決、反胃的感覺、陷入昏迷的記憶全都變得歷歷落落。再來，關乎陷入昏迷之後的失憶；後來我殫精竭慮，才依稀想起了個大概。

迄至目前，我都還沒張開雙眼。我能感覺自己正平躺著，並未受縛。我伸出一隻手，手便豁地垂落至某片潮溼而堅硬的表面上。我索性任手在該處擺上好一會兒，同時絞盡腦汁地設想如今身在何處，又成了**什麼樣子**。我多想睜眼瞧瞧，卻提不起勇氣這麼做。這望向周遭景物的第一眼著實叫我生畏。我並不怕見著什麼駭人的玩意兒，而是生怕自己**什麼也看不見**。最後，我把心一橫，速速把眼一睜。然後，我所恐懼的情況果真應驗了。漫漫長夜的漆黑包圍了我。我拚了命地喘息。這沉鬱的黑暗似正壓迫著我，讓我透不過氣。空氣也閉塞得叫人吃不消。我依然不動聲色地躺著，努力讓自己的理性運轉起來。我回顧整段審訊過程，試圖由此推導出當前的境況。判決已下；總覺得那都多久以前的前塵往事了。而我卻始終沒想過自己是否真已撒手人寰。無論小說怎麼寫、我們怎麼看，這類想像都跟現實搭不起來——可我究竟身在何處？現在又是什麼情況？遭判死刑之人通常會死在宗教裁判所的**信仰行動**下，這我清楚得很，該儀式在我受審那天的晚上就執行過一次了。我可是被押回原先的地牢，靜待數月之後才會再度登場的獻祭之典？我隨即發現這說不通。遭罪者向來是立決不候的。更何況，我所在的地牢就跟托雷多所有的死囚牢一樣，既鋪著石造地板，室內也不至於完全無光。

此時，有個恐怖的想法頓然使我全身血液彷彿湍流一般打入心臟，因此有那麼一小段時間，我復又陷入昏迷的狀態。我清醒之後猛地跳起，體內一條條肌肉纖維莫不狂抖亂顫著。我使勁伸出手上上下下、左右瞎揮了一陣。我什麼也沒摸到；可就是不敢跨出寸步，唯恐**墓壁**就擋在前方。汗水自毛孔冒出，一顆顆豆大的冰冷汗珠掛在額頭上。我一顆心就這麼懸著，後來，終於不堪此苦的我只好小心翼翼地向前走，同時伸長了手、努著雙眼，巴望能捕捉到一丁點微弱的光線。我一連走了好幾步；不過四周依舊是一團漆黑與空無。我鬆了一口氣。照這情狀看來，至少我還未淪落至最可怕的境地。

我繼續戰戰兢兢地邁步向前，腦中也自動浮現千百則關乎托雷多種種恐怖的曖昧傳聞。其中就提到不少地牢的異事——我本視之為無稽之談——離奇、恐怖得叫人不敢公然轉述，只能竊竊私議的訛言。莫非他們打算把我活活餓死在這片黑漆漆的地下世界？抑或還有什麼更恐怖的命運，在前頭等著我？毋庸置疑，我是死定了，而且死時一定不是普通的痛苦，我太瞭解這些裁判官了。讓我心心念念，或者說把我攪得心慌意亂的，其實是怎麼死，又將於何時死。

我伸出去的雙手總算摸到某種堅實的障礙物。那是一面牆，似乎是用石頭砌成——摸起來非常平滑，還黏答答、冷冰冰的。我順著牆面走；我以某些老故事為鑑，懷著如臨深淵、如履薄冰的態度邁開一步又一步。不過光這麼走可無法查明地牢的大小，畢竟那面牆在觸感上可謂一成不變，沒準兒我都兜完一圈回到起點了，自己還不曉得。於是我搜搜口袋，想取出被帶到宗教裁判所時，仍安在其中的匕首；但匕首不見了；我身上的衣服被換成了質地粗劣的嗶嘰寬袍。我本想將刀口插進石牆上的某道細縫，屆時好識別起步的位置。話說回來，少了匕首也沒啥大不了；雖然我在這一時間確實慌得六神無主，以為碰上了天大的難題。我從寬袍邊上撕下一塊布，再將碎布攤平置於地面，使之與牆面垂直。如此一來，我在囚牢裡且摸且行，終至繞完一整圈時，鐵定會踩到這塊碎布。起碼我是這麼盤算的；但我並未慮及地牢的面積，也忘了評量自身的虛弱。地面又溼又滑。我趔趔趄趄地前進，沒多久便失足栽了個跟頭。過度疲憊的我就這麼趴倒在地；很快地，睡意已擒獲了我。

HELP

醒來之後，我伸出一條手臂，結果發現身旁擺了條麵包跟一壺水。我已經累到無力細究當前的情況，只是忙將吃的喝的一股腦兒送入口中。再過片刻，我又開始繞著牢房走，費了好大的勁才總算回到那塊嗶嘰碎布所在之處。話說我失足倒地前就數了五十二步，重新起步之後則走了四十八步——接著就抵達碎布那兒了。也就是說，我這前前後後共走了一百步；若兩步可合為一碼，那麼地牢的周長估計可達五十碼。但在這過程中還碰上好些牆角，所以根本無從判斷這座地下墓穴的輪廓，畢竟我已不由自主地將之想作地下的墓穴。

我這來回調查也不圖什麼——更未抱任何痴心妄想；驅使我繼續探究的，單純是一股惚恍的好奇心罷了。我離開牆邊，決定從這圍場的中間穿過。一開始時，我是步步留心、萬般謹慎，畢竟儘管地面似乎由堅實的材料鋪就，卻帶著會害人滑倒的黏糊軟泥。不過後來，我大膽且毫不遲疑地邁著堅定的步伐——盡量如直線般一徑走到對面去。我就這麼前進了十步還十二步，接著方才經我撕扯的殘存袍邊便纏住了我的雙腳。我不慎踩了上去，結果撲地摔了個嘴啃地。

我處在這狼狽撲跌的混亂狀態，沒有立刻意識到一個難免要叫人稍感詫異的情況，不過數秒後，依然倒地未起的我到底是有所察覺了。那異狀即是：我這副下巴明明抵著牢房的地面，感覺應該更貼近地面的嘴和上半顆頭顱卻什麼也沒碰到。同時，我的前額好像浸浴在一團溼冷的水氣裡，還有一股真菌腐敗後的異味撲鼻而來。我把手一伸，這才驚覺自己恰恰摔倒在一座圓坑的邊上，不由得渾身打顫。當然，此時的我還沒法兒確定圓坑的大小。我朝坑緣下方的石磚摸去，順利摳出一小塊碎石後，再任之落入深淵之內。有好幾秒鐘，我就這麼聆聽碎石在下墜過程中，因為打到圓坑內壁而發出的迴響；最後，一道悶沉的撲通落水聲傳來，接著便是一陣陣響亮的迴音。就在這個時候，頭頂上方出現了類似猛地將門一開又旋即關上的聲響，一縷微弱的光線也因此從這片黑暗之中一閃而過，轉瞬即逝。

如今，我終於看清他們早先替我安排的是何種歸宿，也暗暗慶幸自己及時一摔，繼而逃過此劫。我若是沒摔那一跤，再一步就要與這個世界永別了。而方才與我擦身而過的死法，正符合那些關乎宗教裁判所的傳聞中，被我鄙為荒唐無稽、莫名其妙之處的性狀。一旦落入宗教裁判所專制暴虐的手掌心，要麼死於最殘酷的肉體之刑，要麼死於最恐怖的精神淩遲。他們為我準備了後者。拜這長時間的折磨所賜，我一直處於極度緊繃的狀態，哪怕聽到自己的聲音都會擻抖抖地打顫，從各個方面來看，我都已是在前頭等著我的該種死法，一大適切的人選。

我手顫股慄地摸回牆邊——我是拿定主意寧可窩在牆邊耗，也不願承受沒準兒會誤墜哪個坑、哪口井的恐懼；我總覺得地牢裡一定有很多地方都設了這類的陷阱。若是換個心境，或許我還有勇氣縱身跳入其中一個深淵，當場結束這場苦難；不過此時此刻的我，只是個徹首徹尾的懦夫。再說，關乎這些陷阱的描繪，我是想忘也忘不了──**猝然**斃命可不在這群人毒辣無比的計劃之中。

急躁不安的心情讓我一連好幾個小時無法闔眼，但最後仍再度遁入了夢鄉。當我醒來，便發現身旁就跟上回一樣，擺了條麵包和一壺水。我焦渴難耐，遂將整壺水一飲而盡。這水肯定是下了藥了──畢竟我才喝完，人就覺得睏倦得不得了。我沉沉睡去──彷彿死了那般沉睡著。我到底睡了多久，這我當然不曉得；不過等到我又睜開雙眼，周遭的一切竟變得那麼清晰可見。有道我在這一時半刻間尚無法研判其源的硫磺色強光，為我照出了監牢的大小與形景。

原來我錯估了地牢的大小，錯得離譜。原來這總牆圍還不到二十五碼。有那麼幾分鐘，我因為這樁發現而痛感自己全白忙了；白忙一場，可不是嘛——畢竟在我這等慘境下，還有什麼問題會比地牢的大小幾何更無關緊要？怎奈我的靈魂偏偏對這種無關緊要的小事產生莫大的興趣，於是我開始反覆省思，盼能推敲出丈量出錯的原因。後來，我總算爽然徹悟。一開始調查那回，我在摔倒之前便數了五十二步：當時八成只差個一兩步，就會碰到嗶嘰碎布了；其實就快在這地下墓穴裡繞完一圈。然後我睡著了——接著，醒來之後的我肯定是一步接著一步往回走——繼而造成比實際周長多出將近一倍的誤差。我當時心慌意亂，壓根兒沒察覺起步那會兒牆是在我的左側，可走完之時牆卻位於右手邊。

至於這座圍場的形狀，也與我認定的大有出入。先前我在扶牆前進的途中摸到許多邊邊角角，推斷地牢的形狀應該是極不規則的；由此可知，絕對的漆黑對甫從惛惛狀態，或是睡眠中醒來之人影響有多大！那些邊邊角角純粹是牆上一些微微凹陷的槽兒或缺口，彼此間的距離並不等。我的牢房可謂方方正正。而我錯認為石造的牆壁，如今看來則像是以大型鐵片或他種金屬板為材，那些凹陷的地方即為壁材的夾縫或接合之處。這方金屬天地的牆面布著以粗鄙、拙劣的筆法畫成種種導源於修士們對納骨藏屍之所既有的迷信，種種駭人且可憎的圖案。觸目皆是各式各樣形容猙獰的妖魔骷髏，還有好多好多令人恐懼不已的形象為牢中四壁再添寒磣。我注意到這些醜惡鬼怪的輪廓仍十分清楚，上頭的色彩卻似乎褪了糊了，感覺就像受了潮。此時，我也注意到了地板是用石頭鋪就的。地板正中央便是我先前險些兒墜入，那張著大口的圓形陷阱；倒是牢房裡就只開了這麼一座坑。

不過這一切我只能看到個大概，而且看得非常吃力——因為在我睡死那段期間，人身條件發生了極大變化。而今，我正直挺挺地仰臥在一組矮木架上。一條類似馬腹帶的長皮帶將我與矮木架牢牢纏在一塊兒。這帶子一圈又一圈繞過我的四肢和身體，還能隨心轉動的只剩頭部了。左手臂也算能活動吧：如果勉力伸長手，是能搆著那只擱在身邊地面上的陶盤裡的食物。接著，叫我震愕的是，他們這回居然沒送水壺來。我說震愕——因為我正覺乾渴難當。看樣子，這分焦渴就是那些魚肉我之人期待見到的——因為盤中正是香味濃重的肉。

我朝上一望，審視著牢房的天花板。天花板位於我上方約莫三、四十呎的位置，構造就和四壁差不多。其中一面鑲板上有個非常奇特的人物，我不禁全神貫注地打量起他來。那是上了漆的時間老人，形象就如各位平素所見，只是該名時間老人不拿大鐮刀，我不經意地用眼一掃後，直覺老人把持著一具業經圖像化的偌大鐘擺，就古董鐘吊著的那種。不過，這具機關的式樣又有那麼點與眾不同，致使我開始更加仔細地觀察它。而就在我直直凝視著鐘擺的當兒（畢竟鐘擺就在我的正上方），竟有種鐘擺在動的感覺。片晌之後，我這感覺即已獲得證實。它擺盪的幅度偏小，速度當然也不快。我盯著鐘擺瞧了段時間，心裡固然害怕，但更為此感到驚奇。後來我看膩了它單調的律動，便移開目光，瞧瞧牢房裡的其他景物。

有道低微聲響引起了我的注意，因此我看向地面，結果發現好幾隻碩大的老鼠從另一頭跑了過來。牠們是自勉強可被囊括進我右側視線範圍的陷坑裡冒出的。即便有我逼視，一隻隻受肉香所誘的老鼠依舊張著貪婪的眼，成群結隊、急急鋪鋪地往我這頭衝。我可是費了極大的體力和心神才嚇退牠們。

過了約莫半小時——也可能是一個鐘頭之後（畢竟我只能大概掐個時間）——我再度抬眼望去。然而這一望，卻叫我大驚失色，惴惴不安。鐘擺的擺幅竟已拉開將近一碼之多。不消說，鐘擺的擺速也隨之倍增了。但最令我發慌的，是鐘擺的位置明顯**下降**這點。如今，我看出——而我當時又是懷著何等恐懼的心情，自是不言而喻——鐘擺下緣儼然是一形如新月，兩角之距約莫長達一呎的亮錚錚鋼片；鋼片的雙角朝天一鉤，底邊則銳利得可比剃刀的鋒刃。其模樣也像剃刀那樣又大又重，從刀口漸縮漸窄，形成堅實寬厚的上部結構。鋼片頂端還接了一根極具分量的銅棍，整組鐘擺於半空中來回地劃，劃出了**嘶嘶**的聲響。

事既至此，我也不必再費心猜疑這群好施酷刑的修士，究竟為我準備何種別出機杼的末日了。宗教裁判所的人已經知道我發現了**陷坑**——那旨在讓我這般不遵奉國教的大膽狂徒，飽受恐慮的陷坑——那象徵地獄，據聞正是他們諸多刑罰中，被視作「終極遠境」的**陷坑**。我純粹是僥倖躲過了跌入陷坑的命運，而我知道乘罪人之不備，或誘使罪人步入苦難的圈套乃此地牢死刑各種離奇怪誕死法中切要的一環。可我卻沒能自個兒摔下去，偏偏將我狠狠丟入深淵又有違他們那恐怖毒謀的初衷，所以接下來，在前頭等著我的肯定是（也只有這個可能了）別種溫和一點的死法。溫和一點！想到自己竟然用這個字眼來形容，滿腹愁苦的我也忍不住慘笑。

我在那何其可怕、何其漫長的恐懼中一一數算鋼片又左擺右盪了幾回的心情，講來又有何益！鐘擺一吋接著一吋——一點接著一點逐步地——往下降，就以一種好像非得等到年深月久，才可看出其位置變化的慢速——往下一降再降！日子一天天過去——應該經過很多天了吧——鐘擺才降至我能聞到它掃出刺鼻氣味的近處。強烈的鋼臭衝進了我的鼻孔。我開始祈禱——我頻頻祈求老天讓鐘擺快點兒降下。我彷彿發了瘋、著了魔，拚了命地湊向於上方來回擺盪的可怕彎刀。然後，我忽地冷靜了下來，就像一個對什麼稀罕小玩意兒露出微笑的孩子似的，乖乖躺在那裡笑看這把明晃晃的索命之具。

有段時間，我再度陷入完全昏迷的狀態；這回昏迷的時間頗短；畢竟恢復意識之後，我實在看不出鐘擺有任何下降的跡象。話又說回來，我也可能昏迷了好一陣子——因為我非常清楚那群注意到我又暈了過去的惡魔只要高興，大可暫停擺盪中的鐘擺。我這回醒來時，同樣覺得十分——噢！簡直無法言傳——虛弱無力，宛如久為餒病所累。即便身處水深火熱之中，對飲食的渴欲到底是人之天性。被牢牢綁縛的我掙扎著伸長左手臂，好不容易才取得老鼠們吃剩的些許殘肉。而當我將其中一小塊肉送入嘴裡，內心猛地興起一個未臻成熟，讓人感到喜悅的念頭——希望的念頭。但希望又與

我何干？正如我方才所言，那不過是個未臻成熟的念頭——人總有許多未臻成熟的念頭，永不會完滿的念頭。我覺得那是個讓人感到喜悅的念頭——希望的念頭；可我同時覺得那念頭已在成形的中途夭折了。我一心想完滿那念頭——要找回那念頭——怎奈再努力也是枉然。長時間的折磨已將我平庸的心智能力磨蝕殆盡。我只是個低能兒——一個白痴。

鐘擺擺盪的方向就與平躺著的我成一直角。我知道那彎新月將剖開我的心臟部位。它將擦破我的嗶嘰囚袍——它將來來回回，一次又一次——一而再——再而三地從我衣上擦過。儘管鐘擺掃動的幅度廣得要命（大概有三十呎了，甚或更多），下降時嘶嘶劈來的力道也足以切斷牢房的鐵壁，但要徹底劃破我的袍子還是得花上幾分鐘的時間。方思及此，我就打住了。我不敢再想下去。我凝神斂慮，一心守著這個念頭——彷彿只要斷了想，便能讓那持續下降的鋼片停在**這一點**上。我要自己專注想像那新月形鋒刃擦過囚袍時，會發出怎樣的聲音——我要自己想像鋒刃擦過衣服時，我的神經又將感受到何種有別以往的悚慄。我淨想像著這些無謂的瑣事，想到再難招架才甘願作罷。

怦
怦
怦
怦

下降——鐘擺悄然而持續下降。我拿鐘擺下降與其擺盪的速度相對照，並從中獲得如狂的快慰。向右一擺——往左一盪——盪得多遠，擺得多開呀——伴隨著萬劫不復之靈的嘶叫！伴隨著老虎躡足潛蹤的腳步，盪向我的心臟！我時而大笑，時而哀嚎，全憑當下作主的，究竟是哪一種思想。

下降——必然且無情地下降！它就於我胸上不到三吋之處擺盪！我奮力——我發了瘋似的亂動——只盼能掙脫左手臂的束縛。這一整條左手還能自由活動的，就數下臂了。我是搆得著置於身邊的盤子，雖然吃力，也有辦法將盤中食送至嘴邊，但這已是極限。若能擺脫肘部以上的拘束，我會抓住並試圖停下那盪個沒完的鐘擺。就算衝著我來的是一場雪崩，我也會設法擋下！

下降——依舊不斷下降——依舊無可避免地下降！每每鐘擺盪過，我便激動發喘，拚死掙扎。每每鐘擺掃過，我便一陣揗縮，懼怯不已。我懷著由最無意義的絕望而生的指望，兩眼熱切地追著或往外、或朝上一晃的鋼片；但當鐘擺降下，我又猛地將眼睛一閉，儘管死了才是真解脫，噢，莫可名狀的解脫！想到那索命之具只消再降下一毫一釐，其鋒利、光亮的斧片就會劃開我的胸膛，我還是會害怕得渾身打顫。而我之所以渾身打顫——之所以一陣搐縮——正是因為我仍抱有**希望**。正是**希望**——戰勝磨難的希望——在竊竊低語著，哪怕低語的對象是身處宗教裁判所地牢之中的死囚。

我能看出，待鐘擺再盪個十至十二下，鋼片就會確確實實碰到我的袍子了——拜此觀察所賜，我絕望的靈魂瞬間變得無比敏銳且鎮定。過了這麼多鐘頭——也可能已經過了好幾天——我還是頭一回**思考**。我這才發現身上捆著的布條或馬腹帶是**一整條**的。從頭到腳再沒別條繩子。假設那剃刀般的彎刃首度橫掃而來時就割斷這條帶子隨便什麼地方，我沒準兒能用左手替自己鬆綁。但那也表示鋼片近在眉睫，多可怕呀！只要我稍作動彈，性命便休！再說，那幫酷刑者的爪牙真有可能漏算這點，繼而讓我有隙可乘？鐘擺盪來時，又是否真會劃過綁在我胸膛上的布條？生怕此微弱，似乎還是最後一線希望落空，我盡量抬起頭來，好看清胸膛的情況。馬腹帶橫七豎八地纏著我的四肢和身體——**就是沒包住那彎索命新月即將落下的地方**。

我才將頭擺回原本的位置，腦中便閃過恰可補足我先前所述，那未臻成熟的脫身之念，亦即我先前將食物送至灼痛的嘴邊之際，那頓時浮上心頭，實為朦朧未明之念的後續部分。如今，那念頭總算現出了全形——薄弱，難稱明智，也難稱具體——不過到底是完整了。我隨即憑著一股絕望的精力，要將此想法付之於實行。

這麼多個鐘頭以來，我身下的矮架四周可一直都是名副其實的鼠滿為患。牠們放肆、狂妄，而且飢腸轆轆——那一雙雙紅色眼睛緊緊瞅著我，彷彿在看我何時才會一動也不動，等著拿我打牙祭似的。「牠們平素在坑裡——」我暗忖。

「究竟都吃些什麼呢？」

縱然有我死命驅趕，牠們仍若無其事地大啖盤裡的食物，只留下些許殘肉。我已習慣用左手在盤子四周上上下下、來來回回地又揮又搧；只是到了後來，這千篇一律的無意識動作也不見效了。那幫畜生忙著狼吞虎嚥時，還經常用尖牙咬我的手指。我將盤中僅存的一點油膩膩、香噴噴肉屑遍抹於左手可觸及的布條上；接著，我收回擱在地上的手，一動也不動地屏息躺著。

起初，這些貪婪的老鼠都因為我的改變——變得毫無動靜——而感到錯愕且懼怕。牠們驚恐得直往後退；還有不少老鼠逃回了坑裡。但這情況並沒有持續多久。不知饜足的牠們並沒有辜負我的期望。有一兩隻較為大膽的老鼠發現我一直沒有動作，就蹬上矮架嗅嗅我身上的馬腹帶。這似乎成了招引同伴群起湧來的信號。只見一批批老鼠打坑裡急步而來。牠們巴著木架——攻占了木架，接著便有數百隻老鼠跳到我身上。鐘擺規律的擺盪完全礙不著牠們。牠們一邊閃避持續掃來的鐘擺，一邊忙於處理抹了肉屑的布條。牠們壓在我身上——我身上擠滿一堆又一堆疊得密密層層的老鼠。

牠們在我的脖子上蠕動；牠們冰涼的吻部在我嘴上聞來聞去；我都快被牠們沉甸甸的重量給壓得透不過氣了；難以名狀的厭惡之情盈滿我胸臆，加上那極度溼冷黏膩的感覺，更叫我心頭發毛。不過一會兒之後，我就覺得這場奮戰很快便會落幕。我非常清楚，身上的布條開始變鬆了。我知道整條帶子遭老鼠破壞的地方鐵定不只一處。我拿出超乎常人的決心，保持**不動**。

我的算盤沒有打錯——這頓苦也沒有白受。總算嘗到**自由**的滋味。斷成一截截的馬腹帶自我身上垂落而下。不過那盪呀盪的鐘擺也已逼至我的胸膛了。鐘擺的彎刃已劃開我的嗶嘰囚袍。它已割破囚袍下的亞麻布。它又盪了兩下，徹骨的痛楚隨即傳遍每一條神經。但脫身的時刻到了。我抬手一揮，那幫救星馬上紛然逃竄。我穩穩當當地——小心翼翼，縮著身子往一旁慢慢地退——甩脫布條的束縛，移至彎刃掃不到我的安全之處。至少在此時此刻，**我就是自由之身**。

自由！——就在宗教裁判所的掌控之下！我才從那張恐怖木床往牢房的石造地板上一站，那叫人膽寒的刑具便停止了擺盪，我還看著鐘擺被某股無形的力量往上一拉再拉，就這麼穿過天花板。我由此吸取了一個萬不可忘的教訓。毋庸置疑，始終有人在監視我的一舉一動。自由！——方從一種痛苦死法逃出生天的我，就即將面臨另一場比死更可怕的磨難。念頭至此，我便神經兮兮地轉起眼珠，開始打量這四面將我圍困其中的鐵壁。顯然，牢房裡總有什麼地方不對勁——某種我於一時間，尚無法確切指出的變化。有那麼好一陣子，我只是若入迷夢、戰戰搖搖地神遊太虛，只顧著作些無濟於事的無關懸揣。而就在那麼段時間裡，我頭一回意識到照亮整間牢房的硫磺色之光所從何來。光是打一條寬約半吋，順著整間牢房牆腳而開，致使四壁看上去，而實際上也是與地面完全分離的細縫射出的。我殫智竭力，就想一窺窄縫的彼端，不過，當然啦，一切都是白搭。

後來我不再嘗試，從地上站起時，竟也恍然解悟了牢房發生變化的謎底。我先前便發覺牆面上的形象儘管有著十分清楚的輪廓，色彩卻顯得模糊不明。但如今，這些色彩倒鮮明了起來，甚至在一瞬間變得煥赫驚人、燦爛至極，連帶賦予那些妖魔鬼怪一種恐怕比我更沉著鎮定之人，都不免大感震駭的面貌。如今，那些形象莫不以狂放又無比傳神的魔眼，從四面八方投來若焰若炬，這先前所不得見的炯炯凶光，我實在無法說服自己相信一切僅是假象。

假象！——我就是呼吸時，都有烙鐵的熱氣撲鼻而來！囚牢裡充斥著一股令人窒息的氣味。一雙雙看著我活受罪的魔眼，每分每秒都現出更加昭灼的凶光！一片更加濃豔的猩紅色於那些可怕的血色形象上漫開。我吁吁直喘！我拚了命地呼吸！那些掌刑的又要怎麼整我，我連想都不必想——噢！誰能比他們更冷酷無情！噢！狠毒之至！我從泛著紅光的金屬牆邊退到囚牢正中央。想到自己即將葬身火窟，陷坑的陰涼反倒成了撫慰心靈的膏脂。我這就衝至那要命的坑緣。我圓睜著眼往下一瞧。著了火的屋頂發出燎燎強光，照亮了坑內最幽深之處。然而，在那狂亂的片刻，我精神上拒絕理解這觸目之景的意義。不過最後，這意義還是硬生生闖了進來——現實強行突破了我的心防——往我撒抖抖的理性烙下一印。噢！我簡直無言以對！——噢！恐怖！——噢！竟偏偏是如此恐怖的死法！不由得失聲尖叫的我趕緊離開坑緣，以雙手掩面——痛哭了起來。

熱度倏地竄升，我再度昂首觀望，然後就宛若染了瘧疾那般狂打哆嗦。地牢裡又一次出現了變化——這回顯然是**形**的改變。剛開始時，我就跟先前一樣怎麼也無法察知或釐清到底發生了什麼事。不過沒一會兒，我就搞懂了。我接連兩次脫險的事實催促了宗教裁判所復仇的腳步，他們決定不再拖拖拉拉，「恐懼之王」的操弄將告結束。我的牢房本是方方正正的。如今，我看見鐵壁的兩個牆腳變成了銳角——這就將另兩個牆腳拉成了鈍角。此一恐怖的轉變又隨著一聲低沉的轟響或嗚咽加快了速度。轉瞬之間，整間牢房業已變成菱形。但變化可沒有就此打住——我也不期望、奢求變化會在這個節骨眼上打住。我大可以那火紅的鐵壁為壽衣，雙臂一張求個一了百了。「我就是要死……」我說：「也絕不死在那座坑裡！」傻啦！我會不知道這火燒鐵壁的目的，正在於逼我**自投陷坑**嗎？我可禁得住熱？即便我真禁受住了，又是否耐得了四壁的壓擠？就是眼下，那塊菱形也越來越扁，其變形速度之快，已由不得我細細斟酌損益。菱形的中心——不消說，即是整個空間的至寬之處——恰恰位於那張著大口的深淵上。我往後退——怎奈一再逼來的鐵壁使我退無可退，只有向前。最後，地牢堅實的地面上再無分毫可容我這灼痛、亂扭的肉身立足之處了。我不再掙扎，但將心中的苦化作最後一聲又高又長，萬念俱灰的嘶吼。我感覺自己正搖搖晃晃地站在陷坑的邊上——我移開視線——

一陣此起彼落的嘈雜人聲傳了進來！還有一道震耳欲聾，似由眾多喇叭齊鳴的樂聲！還有彷彿千百道雷霆齊劈的聒耳摩擦聲！火紅的鐵壁猛地朝後急退！就在頭昏眼暈的我即將墜入深淵的當口，有條手臂伸來拉住了我的胳膊。那是拉薩勒將軍的手臂。原來法軍攻入托雷多了。宗教裁判所落入了敵方之手。

跟隨跨界藝術家潘家欣，尋找小說中的宗教裁判所及其酷刑引伸的核心與激盪！

1 你認為這篇小說裡所描述的酷刑，哪一種最恐怖，最能折磨人的心智呢？為什麼？

2 主角靠著意志力與機運，逃過了一個又一個陷阱，終於活到獲得自由的一刻。你認為這篇小說所談的，只是一則歷史故事的警喻嗎？或是有其他想要表達的意義呢？

3 你認為人的意志力是什麼樣的存在？

4「凡人必有一死。」死亡是生命必然的結局，如果死亡近在身邊，人們為何仍努力地活下去？你認為人**為何而活**？

STORY
03

告密的心

The Tell-Tale Heart

沒錯！——神經質——非常、非常神經質，我從以前到現在就一直這麼神經兮兮；可你為什麼要說我瘋了呢？我的感官並沒有因為這毛病而失靈——更沒有變得遲鈍——而是越來越敏銳。聽覺尤其如此。舉凡天上與人間的種種聲息，都逃不過這雙耳朵。就是地獄裡的聲音也聽過不少。這樣的我，怎會是瘋了的呢？側耳聽來！並瞧瞧我是以多正常的模樣——多平靜的態度為你講述這一切。

我也說不清當初這念頭究竟是如何鑽進腦袋的；不過此念既生，便日日夜夜縈繞在我心頭。我與他往日無冤，近日無讎。我很喜歡那位老人家。他從沒虧待過我。他從沒羞辱過我。我對他的金銀財寶半點興趣也沒有。應該是他那隻眼睛使然！對，就是那隻眼睛！他有隻眼長得就像禿鷲的眼珠——一顆蒙了層白翳的淺藍色眼珠。那顆眼珠一投來視線，我就全身發毛，不寒而慄；因此，漸漸地——一點一滴，極其緩慢地——我終於決定奪走他老人家的性命，畢竟這麼一來，我就永遠擺脫那隻眼了。

好，這就是關鍵所在。你當我是瘋子。瘋子可是懵裡懵懂的。但你真該瞧瞧當時的**我**。你真該瞧瞧我這一步步棋走得多高明——我行事多麼謹慎——想得多麼深遠——馬腳藏得多麼完美！要殺他老人家之前的整整一個禮拜，我對他可是前所未有地體貼。而每晚午夜時分一到，我便會轉開他的門閂，打開他的房門——哦，輕之又輕地！待我將門推出夠我探進頭去的一條縫，就將一盞遮光提燈——遮光用的罩子當然全放了下來，而且罩得密密實實，免得有一絲光線外漏——往內送，然後才伸長了脖子。哦，你要是有看到我探頭進門的那副賊樣，鐵定會失聲大笑！我慢慢探出腦袋——非常、非常地慢，生怕驚動了酣睡中的老人家。

我花了一個鐘頭的時間，才將整顆腦袋探至能把躺在床上的他看得一清二楚的門縫內。哈！——瘋子有我這麼會算嗎？再來，等到我的頭完完全全位於他房裡，我就小心翼翼地打開提燈的罩子——哦，十二萬分地謹慎——小心翼翼（畢竟鉸鏈會嘎吱作響）——就只放出一絲細細微光，讓光落在他老人家那隻禿鷲眼上。這事兒我足足幹了七個晚上——一連七晚，恰於午夜時分——但每晚我都發現那隻眼是閉著的；這就難辦了；因為激怒我的並非他本人，而是他那隻邪惡的眼。隔天天方破曉，我便大模大樣地步入他寢室，理直氣壯地與他攀談，熱情懇摯地直呼他的名字，關心他夜裡睡得可好。所以你就曉得，若他老人家已對我每晚十二點一到，便趁他熟睡時上他那兒探頭窺伺之舉有所察覺，那他也真的是城府深密了。

到了第八晚，我比先前更加謹慎小心地打開他房門。就是手錶的分針都動得比我快呢。也是直到這第八晚，我才**感受**到自己擁有多大的力量——多卓越的智識。我簡直抑制不住胸中的得意之情。一思及自己明明在這頭慢慢、慢慢開著門，那頭的他卻連作夢也沒想到我背地裡的所作所為、所慮所計，我就禁不住咯咯一笑；他大概聽見了；因為床上的他忽然動了一動，彷彿受到了驚嚇。你八成在想，這下我總該知難而退了——才不呢。他的房間漆黑一團，暗得叫你伸手不見掌（畢竟他為防宵小，已將百葉窗的窗片緊緊闔起了），我知道他不會曉得門被推出一條縫，遂照樣慢慢、穩穩地將門一推再推。

我剛探出了頭，正準備打開提燈的遮光罩時，拇指不小心擦到那只馬口鐵扣件，接著他老人家便霍地坐起身，還縱聲一喊——「什麼人？」

我則紋絲不動，默不作聲。足足一個鐘頭，我整個人就這麼一動也不動，而在這一個鐘頭裡，我始終沒聽到他躺下的聲音。他仍坐在床上留心房裡的動靜——正如夜復一夜，聆聽牆裡報死蟲鳴叫的我。

隨後，一聲微弱的呻吟傳來，我聽得出那是極度驚怖之人所發的呻吟。那並非源自痛苦或悲傷的呻吟——哦，絕非如此！——那是人承受過多的恐懼時，打從靈魂深處所發低沉、鬱塞的聲音。那是我熟悉的聲音。有多少夜，就在眾人皆睡的午夜時分，那聲音便自我胸臆一湧而上，而隨之蕩漾的可怕迴音，更加劇了本已叫我心亂如麻的恐懼。我說，那聲音我可是熟悉得很。我能體會他老人家是什麼心情，也可憐他，儘管我就在心裡吃吃竊笑。我知道他因為最初那微微一聲響而在床上翻了個身後，就一直醒著不敢闔眼。打從那個時候起，恐懼便在他的心中茁長。他一再設法將這些視作無謂的恐懼，卻怎麼也辦不到。他一再告訴自己——「那不過是煙囪裡的氣流——不過有隻耗子從地板上跑過。」——或「那只是蟋蟀的唧唧一聲鳴叫。」是的，他一再以如此這般的推度設法讓自己安心；但他已發覺到頭來，**一切都是徒**

然。一切都是徒然；畢竟正步步逼來的死亡早就纏上了他，將他這個獵物籠罩在自己跟前的黑影裡。也正是這片不被察知的黑影釋出的悲悼之氣，讓他覺得——即便他什麼也沒看見，什麼也沒聽到——他**覺得**我的頭就在這房裡。

我甚有耐心地等了好長一段時間，依舊沒聽到他躺下，於是決定將提燈的遮光罩打開一小條——非常、非常小條的縫。你絕對想不到，我那動作可真的是神不知、鬼不覺——直到總算有條蛛絲般的幽微光線從縫裡漏了出來，投在那隻禿鷲眼上。

那隻眼是張著的——張得老大——我盯著那隻眼瞧，越瞧越覺怒不可遏。我清清楚楚、毫不含糊地瞧見了——一整坨暗淡的藍，與上頭那層直將陣陣冷意沁入我骨髓的可恨白翳；但我看不到他老人家臉上的其他部位或整副身軀：因為我彷彿出於本能，讓光線毫髮不差地落到了那個鬼地方。

喏，就說你誤以為我瘋了，我只不過是感官異常敏銳而已吧？——你聽好了，我說，後來我耳邊便傳來一陣微弱、悶沉、急促的聲音，彷彿包在棉花裡的手錶發出的聲音。**那**也是我熟悉的聲音。那是他老人家的心跳聲。我的憤怒隨之高漲，就像兵士讓咚咚戰鼓激起了鬥志。

即便如此，我還是壓下內心的衝動，靜觀其變。我連氣都不喘一下。我舉著提燈，一動也不動。我盡可能穩住了手，好讓光線持續照著那隻眼。而這會兒，那地獄般的突突心跳聲變得更劇烈了。那突突聲響的節奏每分每秒都在加快，音量也不斷地變大。他老人家**肯定**恐懼到了極點！我告訴你，那心跳聲一次比一次來得響亮！——你可聽清了？我先前就說過，我這人非常神經質：神經兮兮得不得了。而就在那夜深人靜之時，在那一片死寂的老屋裡，這般叫人不安的怪聲又引出了我止也止不住的恐懼。然而，我仍舊沉住了氣，繼續在原地靜靜守了幾分鐘。但那心跳聲越來越響亮，越來越響亮！我當時就覺得，那顆心準會炸開的。這個時候，另一種焦慮襲上我心頭——那突突聲響會被左鄰右舍聽見！他老人家大限已至！我放聲一吼，再猛地掀開提燈的遮光罩，人就衝進了他房間。他尖叫一聲——就這麼一聲。頃刻間，我已將他拽到地板上，還把重重的床拖過來往他身上一壓。我看大勢已定，便喜孜孜地露出了微笑。不過那顆心仍在跳，仍悶悶響了好一陣子。但我並沒有為此苦惱；這聲音隔著牆是聽不到的。後來，心跳聲終於消失。他老人家命已絕矣。我挪開床檢視屍體。是的，他已經嗝屁啦，死透啦。我將手貼在他心上，就這麼靜置好些時候。他的心業已停止了搏動。他死透了。他那隻眼再也無法找我麻煩了。

若你還認為我就是瘋了，那待我道出那一絲不苟、百密無疏的藏屍手段，你肯定會改觀。黑夜漸闌珊，我連忙著手處理，不過整個過程安安靜靜。我先分屍。我陸續砍下屍體的頭和四肢。

剁
左手
右手
頭
胸
腹
左足
右足

再來，我扳起房間地板上某三塊木片，將屍塊一一塞進割材與割材之間。接著，我將那三塊木片原原本本、極其精準地卡回原處，單憑肉眼——即便是**他那隻眼**——絕對察覺不出任何異樣。房間裡也沒什麼需要刷洗——什麼汙漬都沒留下——沒留下絲毫血跡。我早就考慮到這一點，當時可小心呢。什麼血呀垢呀，全都流進浴缸裡啦——哈！哈！

等到我忙完這些勞力活，已經四點了——外頭仍漆黑得好似子夜。在時鐘報時之際，面朝街道的那扇門被敲響了。我帶著輕鬆愉快的心情下樓開門——畢竟當時的我，**還**有什麼好畏懼的？來的是三名男子，對方客客套套地向我說明他們是警局的警官。說街坊在夜裡聽到一聲嘶叫；就怕是出了人命；警局接獲通報後，便派他們（警官）前來查訪一番。

我莞爾而笑——真的，我**又**有什麼好畏懼的？我對這幾位先生表達歡迎之意。那聲嘶叫——我這麼告訴他們——是睡夢中的我發出來的。老人家——我這麼說道——不在，下鄉去了。我帶三名訪客在整棟屋子裡巡了一回。我還請他們搜查——查個**徹底**。後來，我甚至領他們上**他**的寢室瞧瞧。我讓他們知道他那些金銀財寶依舊安在，誰也沒動過。既有十足的把握，我便興沖沖地提了幾把椅子進房，請警官們於**此**稍事歇息，至於我，則因為得意太甚，膽子就越發壯了，索性將自己那張椅子放在埋著被害人屍塊的木片正上方。

警官們對此很是滿意。我這般**態度**叫他們不相信也難。我從容得沒話說。他們坐下了，我欣然回答問題時，他們也隨意閒聊了起來。不過，沒有多久，我感覺自己臉上血色漸褪，巴望他們能儘早走人。我開始頭痛，耳朵裡好像有什麼東西在嗡嗡作響：但他們仍賴在椅子上閒話家常。嗡嗡鳴響越來越清楚——那聲音響個沒完，為了擺脫這種感覺，我更加快活地暢談著；但那鳴響仍在持續，還變得非常明確——後來，我總算發現那鳴響並非我耳內所生。

毋庸置疑，我當下已面色煞白——可我越加拉起嗓門，侃侃而談。偏偏那聲音不減反增——我該如何是好？**那是種微弱、悶沉、急促的聲音——像極了包在棉花裡的手錶發出的聲音**。我吁吁直喘——那三名警官竟然沒聽到。我話說得越來越快——越來越慷慨激昂；但那聲音只是一味地增強。我一個起身，用拔高的聲調和誇張的動作為一些小事抗辯，但那聲音持續增強。他們為什麼**偏**不走呢？我開始來回踱步，一步步踏得多麼用力，彷彿是被他們三人的言論給惹火似的——但那聲音仍是一味地增強。噢，天吶！我該如何是好？我唾沫四濺——我胡言亂語——我千咒萬罵！我轉起自己那張椅子，用椅腳嘎嘎嘎地刮擦木地板，但那聲音還是蓋過了一切，甚至越來越響！而那三人還是聊得那麼起勁，揮霍談笑。他們難道沒聽到？萬能的上帝呀！——不，不！

他們聽到了！——他們已經起了疑心！——他們全都**知道**了！——他們正在笑話不寒而慄的我！——我當時就這麼認為，現在依舊這麼認為。但，再沒什麼比這種折磨更叫人痛苦！再沒什麼比這種嘲訕更叫人難堪！我受夠那些虛偽的笑臉了！再不放聲大吼，我怎麼活得下去！——又來了！——快聽！越來越響！越來越響！**越來越響**！——

「惡人！」我尖聲喊道。「別再惺惺作態了！我招了就是！——把這幾塊木片給拆了！——這兒，就在這兒！——那聲音就是他可憎的心跳！」

STOP

跟隨跨界藝術家潘家欣，尋找小說主角心理跌宕起伏的核心與激盪！

1 小說的主角一直聽到心跳聲，直到殺死老人，心跳聲仍然沒有消失？難道是鬼魂作祟？你認為文章中的心跳聲是怎麼來的呢？

2 主角認為自己思路清晰，手段俐落，絕對不是瘋子。你認為這樣對於精神失常的定義正確嗎？

3 人的身體機能若是出了問題，我們知道可以去醫院尋求專業診治。但若是心理機能出現了毛病，人們卻往往害怕被指為「瘋子」而遭排擠，因此往往逃避診治，或是將問題怪罪於壓力，認為心理問題只需要自己想開、調適一下就會好。你認為「自己想開一點」真的有用嗎？

STORY
04

黑貓

The Black Cat

我準備寫下的這篇故事荒唐至極又十足家常，所以我不指望也不奢望有人會相信。畢竟我自己都於理智上拒絕接受這一切了，若我還巴望別人相信，豈不是瘋了嗎？但我沒瘋——更不是在作夢。只不過明天就是我的死期，我今兒個就要卸下靈魂的重負。我現在就要將這接二連三發生的家務事以直截了當、簡明扼要，又不帶個人批判的筆法公諸於世。因為這些事情，我受驚過度——我備受煎熬——整個人就這麼毀了。然而，我並不打算在這方面多加著墨。這些事情對我來說只有恐怖可言——對許多人來講，似乎僅僅是**瑰詭奇**

談，何來可怕之有？或許後世會出現某種理識，將我的心象簡化作見怪不怪的俗案吧——說不定會有某種比我更加冷靜、符合邏輯，而且絕對沒我這般衝動的理識，將我懷著敬畏所述的情況視為有因有果，一連串極其自然的尋常事。

打從幼年，我在大家眼中便是個性情特別溫厚的孩子。這片太過柔軟的心地甚至讓我淪為同伴們譏諷的對象。我尤其喜歡動物，父母親也寵著我，讓我豢養許許多多的寵物。我泰半的時間都和寵物膩在一塊兒，再沒什麼比餵餵牠們、摸摸牠們更叫我感到幸福了。而此癖性也隨著我年歲的增長日益茁壯，以至長大之後，與寵物為伍已是我生活中一大樂事。想必鍾愛忠實聰敏的狗兒之人，都很清楚這其中的喜悅是如何美好或強烈，自不用我贅述。倘若您早已看遍人我之間賤如糞土的友情和薄若游絲的忠誠，一定會為獸類那無私、自我犧牲的愛感動不已的。

我早婚，也有幸娶到與我意氣相投的妻子。她注意到我飼養寵物的愛好之後，有機會便給我帶隻十分討喜的小傢伙回來。我們養鳥養金魚，家裡也有一隻良種狗、幾隻兔子、一隻小猴子，外加一隻貓。

這貓長得奇大，還非常美麗；牠一身黑毛，而且聰明得驚人。提到牠的聰明，我那骨子裡不是普通迷信的妻子往往要扯上黑貓全是由女巫幻化而來，這套自古盛行的說法。也不是說她有**多**認真看待這回事——我之所以談及這一點，不過是因為剛好想到罷了。

普魯托——就是那隻貓——是我最愛的寵物兼玩伴。牠一直是我親自餵的，我在家裡走到哪兒牠就跟到哪兒。甚至得費好一番工夫，方能阻止牠跟我上街去。

如此這般，我和普魯托的友情也持續了好幾年，但在這幾年間，我整個人拜魔一般的酒癮所賜，無論脾氣、個性都起了劇烈的變化——說來慚愧，我變得壞透了。我一天天變得喜怒無常、動輒發火，越來越漠視旁人的感受。我容許自己用惡言詈辭侮辱妻子。久而久之，我甚至對她施起了拳腳。至於我的寵物，牠們當然也切身體會到我性情上的劣化。疏於照顧這點自不用說，我還開始虐待牠們。不管家中的兔子、猴子是無意或為了親近我而特意來到我跟前，總免不了挨我一頓毒打，即便面對那隻狗兒我也毫不手軟。倒是我對普魯托尚存幾分憐愛，不會如此蹂躪牠。不過我的病情日益加重——試問天底下，還有比酗酒更磨人的病嗎！——普魯托則日漸衰老，性子也比以前火爆了些——到頭來，就連普魯托也開始嘗到我失控情緒的苦果。

某晚，我在城裡一間常泡的酒館喝得酩酊大醉，回到家後老覺得這貓避著我。我一把抓住牠；我下手多麼粗暴，牠一時驚慌便咬了我的手，稍微傷著了我。緊接著，我竟彷彿著了魔似的變得怒不可抑。我都不認得自己了。我原初的靈魂就好像瞬間飛出了這副軀殼；我渾身纖維都沸騰著由烈酒所煉，更勝邪魔的惡意。我立刻掏出背心口袋裡的袖珍摺刀，再亮出刀刃、攥好那卑賤畜生的脖子，然後慢騰騰地將牠一顆眼珠挑出來！執筆至此令人髮指的殘暴罪行，我真羞愧得面紅耳赤，身子也燙了起來，顫慄了起來。

翌日天亮，我的理性也隨之清明——一覺醒來，昨晚那陣使酒撒潑的怒氣已經消退了。接著，我開始為自己造的孽感到既震駭又懊悔；然而，我的震駭與懊悔頂多是種隱微且曖昧的感受，仍不足以撼動我的靈魂。我再度把酒狂飲，要不了多久，黃湯即已澆泯這整段記憶。

這段期間，貓逐漸恢復了元氣。缺了眼珠的眼窩看上去確實非常嚇人，但牠似乎已經不痛了。牠一如既往地在屋內走動，不過——這點應該不難想見——一發現我走來，便會倉皇不已地逃開。我到底還保有過去那片柔軟的心地，因此初見曾與我那麼親的寵物竟討厭我到如此明顯的程度，難免鼻子一酸。但我的悲痛很快就轉為憤怒。再來——就好像要將我推上末路，使我墜入無可挽回的境地似的——「執拗」的意念現前了。關乎這種意念，哲學界並未予以重視。但，正如我的靈魂擁有生命那般毋庸置疑，我也篤信執拗就是人心其中一種原始的衝動——一種主導人格發展固有的最初機能，抑或情感。有多少次，我們純粹是出於明知**不**可為這一點，而故意幹下壞勾當或蠢事？我們不老將自己超然的是非評斷擱置一旁，偏要以身試**法**？沒錯，導致我徹底墮落的，就是這分執拗的意念。就是靈魂中這分深不可測，巴望著**自我刁難**——故意與本性唱反調——單單為了犯錯而犯錯——的渴欲，驅使我繼續傷害，乃至最後害死了那隻無辜的畜生。有天早上，冷血的我悄悄用絞索套住牠脖子，把牠吊死在樹枝上——我兩眼淌著淚，內心痛悔不已地吊死了牠

——我就這麼吊死了牠，**因為**我知道牠曾愛過我，**因為**我相信牠未曾開罪於我——我就這麼吊死了牠，**因為**我知道如此一來，自己就是在犯罪了——一宗即便會讓我那永生的靈魂無處安頓，也不足惜的彌天大罪——倘若這種事確實不無可能——一宗恐怕已非最慈憫也最可怕的上帝，祂那無窮無盡的寬大所能拯救我的深重之罪。

就在我犯下這樁惡狠至極的暴行當晚，入睡之後又因失火的驚叫聲警醒了過來。我的床簾已經著火了。整棟房子正張著熊熊烈焰。我和妻子與一名傭人好不容易才逃出這片火海。這場火燒得可真徹底。我的家當盡皆被火吞噬。走投無路的我，只有絕望度日的分兒。

我是還沒軟弱到要在這場大火與先前的暴行之間理出所謂的因果關係。但我會將事情的經過逐一交代詳實——哪怕只是一道可能相關的環節，我也不願草草帶過。大火隔天，我重返這片廢墟。屋牆坍的坍、塌的塌，只有一面例外。那是一面隔牆，沒有多厚，差不多位於房子正中央，而我的床頭就頂著這面牆。牆上的灰泥大抵捱過了這場祝融之災——應是不久前才粉刷過的緣故。牆的周圍聚集了滿滿一票人，似乎有不少人正十分仔細且專注地研究牆面某處。現場「奇哉！」、「怪哉！」等驚嘆此起彼落，我一時好奇，就湊上前去探個究竟。只見那白色牆面透出一隻大**貓**的形象，跟件**淺浮雕作品**似的。貓的形象之傳神，簡直跟真的沒兩樣。那動物的脖子上還圈了根繩子。

怨

驟見這道鬼影時——畢竟對我來說，那不是鬼影又是什麼？——我不勝詫異，慄慄危懼。所幸後來我一個轉念，終究是恢復了鎮定。在我印象中，貓是在房子旁的花園裡被吊死的。而當火警一起，花園便瞬間擠滿了人——可見有人割斷了樹上的繩子，將貓從敞著的窗戶扔進了我的寢室。對方八成想藉此喚醒睡夢中的我。另幾面牆接連倒下，又將慘遭我虐殺的大貓往最近才上過灰泥的隔牆一壓再壓；灰泥本身的石灰與烈火、屍首發出的阿摩尼亞交互作用，於是造就了我眼前的貓像。

關乎上述駭人的事實，儘管於良心上完全無法交代，在理性上倒是不難說明，然而，這件事仍深深烙進了我的想像世界。有好幾個月，那隻貓的幻影總在我腦海中流連不去；而在這幾個月裡，某種似是懊悔，實則不然的殘缺式情感又重新湧入了我的靈魂。我甚至開始為失去那隻動物感到遺憾，甚至於近來固定出入的幾家罪惡場所物色與牠同種，模樣也有幾分神似的貓兒當作寵物，好填補牠的空缺。

某晚，當我半是茫然地坐在一家臭名昭著的酒吧裡，目光倏地讓某件裝著杜松子酒或蘭姆酒的大型橡木桶——即是該家酒吧最主要的傢俱——桶頂的黑色物體給吸引了過去。我本就盯著這件大型橡木桶的桶頂瞧了好一陣子，不可思議的是，我居然到了這個時候才發現上頭有東西。我走上前去，伸手摸了摸。原來是隻黑貓——很大的黑貓——就跟普魯托一般大小，而且除了一點，在在處處都像極了普魯托。普魯托全身上下不見一根白毛；這貓身上則有一塊輪廓不明，幾乎覆蓋了牠整片胸部的白毛。

我一摸牠，牠就馬上起身，還對我呼嚕呼嚕叫得好大聲，甚至蹭蹭我的手，似乎很高興我注意到牠。就是牠了。

我終於找到理想的貓。我立刻跟店家商量要買下他的貓；不過對方說貓不是他的——他一點都不清楚貓的來歷——他從沒見過這隻貓。

我繼續撫摸牠，後來準備回家，牠也一副打算跟我走的樣子。我讓牠跟了過來；這一路上，我偶爾會彎下身子拍拍牠。到家之後，牠馬上就變得安安分分，不多工夫，妻子對牠便是萬般寵愛。

我呢？我沒多久就對牠心生厭惡。這與原先設想的恰恰相反；但——我說不上怎麼回事，又為何會這樣——牠那麼明顯地表現出對我的好感，反倒惹惱了我，叫我作嘔。而這般噁厭、惱火之情又一點一滴演進成切齒腐心的恨意。我會刻意避開這隻貓；出於某種羞惡之心和對之前那段殘酷行徑的記憶，我沒有動手虐待牠。我從未毆打牠，也不曾對牠採取其他形式的暴力手段，幾個禮拜過去。可後來——久而久之——我看著牠時，這雙眼總帶著莫可名狀的憎惡，我會宛如閃避瘟疫的穢氣那般，默默從牠可憎的面前逃走。

而加劇我仇視那畜生的，無疑是我在帶牠回家的隔天早晨，發現牠和普魯托一樣缺了隻眼睛這件事。倒也因為這件事，妻子對牠的疼愛是無減反增。正如我先前所說，她極富慈憫與溫情——這一度是我與眾不同的特質，一度是我那許許多多何其單純、無瑕的快樂之源。

不過，即便我對這隻貓深惡痛絕，牠卻好像越來越黏我了。牠無論如何都要跟著我，性子之拗，恐怕不是三言兩語就能讓讀者理解。我一坐下，牠便立刻於我椅子底下蹲好，或直接跳到我膝上，在我身上可厭地蹭來蹭去。若我起身要走，牠則會鑽到我的雙腳之間害我險些兒被絆倒，不然就使出長而尖利的爪子扣著我的衣服，就這麼爬到我懷裡。這種時候，我總恨不得一拳送牠歸西，但終究都忍住了，部分是因為憶及早先造的孽，但最主要的原因——我就坦承吧——是對這畜生懷有絕對的**恐懼**。

這分恐懼不盡然是對形而下之惡的恐懼——偏偏又無從為之下個界說。我簡直羞於承認——是的，即便進了天牢，也羞於承認——自己被那隻貓挑起的畏懼與嫌惡，僅僅因為某個不值一提的幻覺而日益膨脹。妻子三番兩次要我注意方才提到的那片白毛，唯一能讓我們以肉眼將這古怪畜生與慘死在我手下的黑貓，區分開來的那片白毛。讀者們猶記得這道標記雖大，形狀並不明顯；然而，十分緩慢地——慢到令人無法察知的地步。長久以來，我的理性一直在否認這件事，說那不過是一時迷了心竅——標記竟有了清楚的輪廓。如今，這道標記看上去像極了某個我一稱說其名，就不由得打起哆嗦的東西——正因如此，我才格外痛恨、害怕這隻怪物，**要是我夠狠夠敢**，早就幹掉牠了——我說，如今那片白毛，正現出駭人之物的形象——陰森之物的形象——絞刑台的形象！——噢，那是恐怖與罪孽——那是痛苦與死亡可悲又可怕的利器！

此時此刻的我真的是何悽何慘，再也沒人比我更不幸。不過一隻**畜生**——而牠的一名同類已遭我行所無事地絞殺了——不過一隻**畜生**，竟造成**我**——我，一個按照崇高上帝的形象巧製出來的人——多少難挨的愁苦！唉！白晝也好，黑夜也罷，再也不得安眠！白晝時，這傢伙無時無刻不纏著我，而到了晚上，我每個鐘頭都從無可言表的恐怖噩夢中驚醒，醒來又發現**那傢伙**正朝我的臉送來熱烘烘的鼻息，牠那沉重的身子——即是我無力甩開，夢魘的化身——則永永遠遠壓在我**心上**！

在以上種種折磨的重壓下，心中殘存的丁點兒良善終於將白旗一揭。邪念成了我唯一的契友——那些最陰暗、最惡毒的念頭。平時已經夠喜怒無常的脾性更發展出對一切物事、一切人的恚恨心理；我開始任性妄為，三不五時就突然大發雷霆，誰也收不住我的野，而最常遭殃卻總是逆來順受的，唉，就是我那無怨無尤的妻子。

某天，為了點家務事，妻子陪我走進這棟老屋的地窖——境況窮窘的我們不得不搬遷至此。那隻貓隨我步下陡斜的台階，又差點兒害我一頭往下摔，可把我氣瘋了。我這就舉起斧頭朝那畜生一劈——怒火中燒的我一時忘了迄今遏止這雙手行凶的幼稚恐懼——不消說，若斧頭真如我所願劈了下去，那畜生是必死無疑。偏偏妻子把手一伸，攔住了正往下落的斧頭。她這般阻撓激起了我勝過邪魔的忿氣，於是我抽回被她攥著的手臂，改將斧頭往她腦袋一砍。她連吭都沒吭一聲，當場斃命。

唰

犯下這樁醜惡的凶殺案後，我隨即細細琢磨起藏屍的問題。我很清楚把屍體移到屋外是行不通的，畢竟不管白天移、晚上移，都得承擔被鄰居撞見的風險。我想到了不少方案。一會兒考慮把屍體剁成碎屑，再點個火燒了。一會兒又決定於地窖的地板挖個坑，就這麼把屍體給埋了。我還考慮將屍體丟進院子裡的那口井——或是裝進箱子，就像處理貨物那般打點好例行程序，然後雇個挑夫把東西搬出家裡得了。最後，我猛地想到一計比上述任何一項辦法都更合宜的良策。我要仿效文獻中將受害者砌在牆裡的中世紀僧侶，把屍體砌進地窖的牆壁。

若為此用，這間地窖的確非常合適。它的牆本就築得不夠紮實，加上最近才用顆粒較粗的灰泥刷新過，礙於環境潮溼，尚未完全乾硬。有面牆壁還向外凸了一塊；那兒原本造了組假煙囪或壁爐，後來被補起，改得跟地窖裡其他地方差不多。我看我兩三下就能挖開這一區的磚頭，接著便能填入屍體，再把牆完完整整地封回去，諒誰見了都不生疑竇。

我這算盤果然打得精準。我拿起鐵撬擺弄了幾下，輕輕鬆鬆就撬出了磚頭。隨後，小心翼翼地讓屍體貼著內壁立好，然後一邊撐住屍體，一邊恢復牆面結構，過程中根本花不了多少力氣。以防萬一，我還設法備妥了灰漿、沙子和毛髮，待調出與原本灰泥並無二致的質地，就用這新灰泥仔仔細細刷遍剛整完的磚牆。完工之際，一切看上去可是再正常不過。牆上毫無經人動過手腳的痕跡。地上的垃圾我也謹慎再謹慎地收拾乾淨了。我洋洋自得地看看四周，不禁忖道：「這麼忙了老半天，我的辛苦也算有了代價。」

我的下一步，便是逮到肇始這樁天大慘事的畜生；畢竟我終於打定主意，非要置牠於死地不可。若牠當時真讓我碰上了，肯定難逃一死；不過照這情況看來，那陰險的傢伙八成被我先前盛怒的狠狀給嚇跑，避免出現在怫然變色的我面前。可恨的傢伙不在了，我心中油然生起的快慰之感、解脫之感是何其深切而甜美，簡直溢於言表，超乎想像。入夜之後，牠依舊沒出現；因此，打從那隻貓進了家門以來，我起碼有這麼一個晚上，睡了一頓舒舒服服、安安穩穩的好覺。可不是嘛？儘管靈魂背著謀殺的包袱，我仍舊**睡著**了。

次日，乃至於第三日，那專門折磨我的臭貓還是沒現身。我又能自由暢快地呼吸了。那怪物已經夾著尾巴逃離這棟屋子，永不再回來啦！再也不會見到牠啦！我真是欣喜若狂！我並沒有因為自己的惡行而負疚難安。是有些人前來探問，不過我都一派從容地作了答覆。他們有回甚至進屋搜查了一番——最後當然落了個無功而返。看樣子，我日後的逍遙與快活已經在握了。

殺妻之後的第四天，一票警察突然找上門來，還重新於我的住處展開嚴密的調查。但我自信藏屍地點神鬼莫測，絲毫不覺為難。警官要我在旁協助調查。他們連個小角落都不放過，查得仔細極了。末了，他們三度還是四度走進了地窖。我肉不顫、心不驚，平靜得可比酣睡中的無辜者。我從地窖這一頭走到那一頭。我兩手抱在胸前，神色自若。警方完全相信我是清白的，這就打算離開。我簡直按捺不住心中的喜悅。我等不及開口說說話——哪怕只是短短的一句——以告勝利，也好讓他們更加篤定我確實是無罪之身沒錯。

「各位先生——」他們一行人登上樓梯時，我終於出聲了。「很高興能打消你們的疑慮。祝大夥兒身體健康。順帶一提，各位先生，這——這屋子蓋得非常之好——」（我太急於順口提上一句，結果根本不曉得自己在說什麼）「且容我說，這屋子真的蓋得非常之好，**好得不得了**。這幾面牆——要走了嗎，各位先生？——這幾面牆砌得堅固得很。」說到這兒，我竟一時衝動逞起了威風，用原本拿得好好的手杖使勁敲打後方就立著我的愛妻、就藏著她屍首的那片牆。

可是，願上帝庇護我，助我遠離大惡魔的獠牙！因叩牆盪起的迴聲方休，墳裡便傳出了回應——那是一聲哭喊，原先嚶嚶不揚、若斷若續，活像稚童的啜泣，隨後又拉成一聲悠長高亢、連續不止、詭異十足的非人驚叫——一聲哀號——一聲厲吼，兼容恐懼與快意的厲吼，一種或許唯獨冥府才可能發出，由被打入地獄的靈魂發出的淒絕慘叫，與魔鬼見著靈魂遭受天譴時，那興高采烈的歡呼共組而成的聲音。

至於我本身有何想法，說來未免愚蠢。當我覺得一陣天旋地轉，踉蹌地移往對面牆壁。台階上的警察們受到驚駭，傻楞楞杵在原地。下一瞬間，十來隻粗壯手臂拆起牆了。整面牆都倒了。早是腐爛不堪又布滿血痂的屍體直挺挺立在眾人眼前。而屍體的頭上，坐著那隻張著血紅大嘴與炯炯有光的獨眼，先以計誘使我殺人，後又憑其報信之聲，將我送上絞刑台的可恨畜生。原來我把這隻怪物一同砌進墳了。

跟隨跨界藝術家潘家欣，尋找小說主角善惡念轉的核心與激盪！

1 主角自稱在酗酒之前，非常愛護動物，開始酗酒之後卻變成了會虐殺動物的惡人。你認為這是為他自己的開脫之詞，還是人真的會因為酗酒而性情大變呢？

2 主角認為第二隻黑貓的出現，是一個巧妙的圈套，也是第一隻黑貓用來報復自己的詛咒。你相信動物真的會死後復仇嗎？

3 你相信「善有善報，惡有惡報」嗎？若是主角並未用手杖敲擊牆面，黑貓就不會嚎叫，那麼這篇小說的結局將會走向何方？請試著從「警察走入地下室，但是主角沒有敲擊牆面」這樣的轉折，試著改寫看看小說的結局吧！

宛如一則絕望的預言

創作背景解析

暨南國際大學歷史系助理教授
翁稷安

一八零九年一月十九日，愛倫坡（Edgar Allan Poe）出生於美國麻州波士頓，到一八四九年去世，短短四十年的時間，正是美國建國以來難得的和平時期。雖然有著和印第安人之間的大小衝突，但大抵沒有那種毀天滅地的戰爭。

一七八三年的獨立戰爭重創了過往北美殖民地的繁榮，戰後的蕭條花了十年以上的時間才慢慢復原。一八一二年至一八一五年為了和英國爭搶加拿大的美英戰爭，是獨立戰爭的延續，結果雖然美國落敗，但反而讓美國的經濟因禍得福，切斷對歐洲的依賴，朝向自給自足的發展，本土工業也在內需刺激下快速成長，經濟一片榮景，直到一八六一年南北戰爭的爆發。

在這十九世紀初的承平時期，替美國整體的產業和社會結構帶來巨大變化，過往農業為主的生產模式，在鐵路開發和礦產開採的輔助下快速工業化。如同英國在十八世紀工業革命帶來的變化，美國十九世紀前半製造業的崛起，也徹底改變了人們的生活，城市取代了農村，強大的拉力吸引無數人飛蛾撲火，都市或資本主義生活的正負能量影響著每個人。這看似富裕的社會潛藏著高張的壓力，隨時都會爆發。

當時三不五時發生的集體暴動，就是明顯的例子。一八三五年《奈爾斯記事報》（Niles' Register）曾評論：「整個社會彷彿都精神錯亂了，而『流血和屠殺』的魔鬼正在我們中間興風作浪……我們這些美國同胞的品質在一夜之間全變了。」這興風作浪的魔鬼正是蟄伏在都市之中，名為「現代化」的怪物，在牠的巨輪下，傳統農村生活型態和價值體系崩壞，無所適從的人們，只能走向瘋狂，以肢體的衝突表達內心的壓抑。

這也是為何在暴動頻傳之外，當時又是美國宗教運動最為興盛的時期，出現大小不一以改善社會為目的的宗教組織，其中「禁酒」議題是多數團體共同的關注。十九世紀美國酗酒的現象太為泛濫，被視為各種社會問題的亂源。暴動和酗酒都是人心在高壓處境下的反動，如是心靈的扭曲，便成為愛倫坡筆下那些光怪陸離情節中核心的主題。

愛倫坡來自破碎的家庭，父母都是演員，父親大衛坡在他出生不久就人間蒸發，不知去向，母親則在他三歲時去世。他由富商艾倫家收養，雖然養母對他百般疼愛，但養父冷漠的態度，讓他始終感受不到正常家庭的溫暖，也讓他在大學時期就染上了賭博和酗酒的惡習，尤其後者，成為糾纏他一生的夢魔。

成年後他和養父斷絕關係，和表妹結婚，自組家庭。當他經過十多年的努力，好不容易受到文壇的重視，開始在以費城、紐約這些大都會為據點，準備大放光彩時，他年輕的妻子竟染上了肺結核在一八四七年去世，再度重擊了他的人生，讓他更加身陷酒精之中，並飽受精神錯亂和幻覺所苦。在酒精幻覺的刺激下，愛倫坡陷入強烈的被害妄想和憂鬱之中，數次嘗試自殺未果。最後在一次選舉暴亂的現場，人們在附近的酒館發現意識不清的愛倫坡，緊急送醫，數日後仍宣告不治。在死前，他留下了那句絕望的遺言：「上帝拯救我可憐的靈魂。」（Lord help my poor soul.）

愛倫坡的悲劇當然屬於他個人，但也不時折射著時代的共相，那種在現代社會沉浮求生的失控感受，成為他恐怖小說中最根本的「恐怖」。

〈紅死病的面具〉主題是疫情時期人們最能感同身受的傳染病，然而在愛倫坡華麗的描繪下，隱藏著對著階級的指控，以小說形式詛咒那「朱門酒肉臭，路有凍死骨」的階級差異。〈陷阱與鐘擺〉以歷史小說包裝對恐懼本質的討論，那一關接著一關「比死更可怕的磨難」，那微弱無力卻又珍貴無比的「希望」，不正是命運對無止盡作弄，以萬物為芻狗的苦難隱喻？

〈告密的心〉和〈黑貓〉則成功補捉現代心靈瘋狂的樣貌，前者創造了一位反社會的病態殺人魔，縝密的執行殺人計畫，而且不需要說明任何動機。後者則是身陷酒癮的丈夫，在酒精作用下性格大變，陷入幻覺，親手毀壞了人生所有的幸福。兩篇小說都結束在主人翁的自首，但坦誠並非出於善意，仍終歸瘋狂。兩篇對於活在眼前這滿布精神疾病的扭曲世界，小說中的瘋狂竟反而有著熟悉的親切。

愛倫坡的恐怖小說都像是他人生經歷的夫子自道，體制的壓抑和命運的造弄，是一切「惡」的源頭。這樣的觀察不只適用十九世紀的過去，對二十一世紀的當下或更遙遠的未來，一樣成立。

愛倫坡沒有提供解答，他唯一能想到的出路就是選擇以酒精慢性自殺，結束自己的人生，宛如一則絕望的預言。這也正是今日重讀愛倫坡的小說，依舊令人感到不祥的原因。

翁稷安——原籍嘉義縣義竹鄉，生長於台北。歷史學學徒，現為暨南國際大學歷史系助理教授，另經營 Podcast 節目《大衛鮑魚在火星》。努力尋求學院內／外生活平衡的可能。

作家年表

愛倫坡

年表整理
翁稷安

一八零九年

——艾德格坡於一月十九日出生在美國麻州波士頓，為家中次子。父母皆為演員，隔年父親大衛坡即人間蒸發，行蹤不明，由母親伊莉莎白坡邊巡演邊撫養。

一八一一年

——母親於維吉尼亞州里奇蒙因病去世，由當地富商愛倫家族所收養，改名艾德格愛倫，受養母疼愛，但和養父始終不和。

一八二六年

——進入維吉尼亞大學，因酗酒和賭博問題，輟學返家。

一八二七年

——與養父鬧翻離家，出版了第一本詩集，一八二九年再出版第二本詩集，銷售有限，但正式踏入文壇。

一八三零年

——入西點軍校，隔年因行為不檢，被學校開除。

一八三三年

——在費城的雜誌上發表短篇小說數篇，確立小說家身分，成為日後創作的重心。

一八三五年

——擔任里奇蒙《南方文學信差》的編輯，和表妹維吉尼亞求婚，並於隔年正式舉行婚禮。

一八三七年

——辭去《南方文學信差》工作，搬往紐約，發表多篇詩作和小說。隔年遷居費城，再次以雜誌編輯為業，一度考慮放棄文學創作。

一八四一年

——出任《葛雷姆雜誌》主筆，創作現代第一篇偵探小說〈莫爾格街兇殺案〉，持續各類創作。

一八四二年

——妻子感染肺結核。小說〈紅死病的面具〉發表。

一八四三年

——小說〈告密的心〉、〈金甲蟲〉、〈黑貓〉、〈陷阱與鐘擺〉等多篇代表作發表，隔年舉家再由費城返回紐約。

一八四五年

——詩作〈烏鴉〉發表，以詩人之姿，聲譽鵲起。妻子病情加劇。

一八四七年

——妻子過世，大受打擊，開始受幻覺等精神疾病所苦。

一八四九年

——遊走於紐約、費城、里奇蒙等城市，從事文學活動，數度因飲酒而陷入精神錯亂的狀態。十月三日在華盛頓巴爾的摩的小酒館被人發現酒醉意識不清，送醫急救，數日之後仍告不治，該年代裡「酒精中毒」是委婉之詞，具體死因成謎。去世後，生前遺作〈安娜貝爾・李〉一詩於報紙上刊登。

言寺 85

青春選讀!!
愛倫坡 短篇小說選

作　　者　**愛倫坡**
譯　　者　**陳婉容**
總 編 輯　**陳夏民**
插畫繪製　**日前勉強**
責任編輯　**達瑞**
設　　計　**達瑞**

出　　版　**逗點文創結社**
地　　址　**330 桃園市中央街 11 巷 4-1 號**
信　　箱　**commabooks@gmail.com**
電　　話　**03-335-9366**

總 經 銷　**知己圖書股份有限公司**
台北公司　**台北市 106 大安區辛亥路一段 30 號 9 樓**
電　　話　**02-2367-2044**
傳　　真　**02-2363-5741**
台中公司　**台中市 407 工業區 30 路 1 號**
電　　話　**04-2359-5819**
傳　　真　**04-2359-7123**

製　　版　**軒承彩色印刷製版有限公司**
印　　刷　**通南彩色印刷有限公司**
裝　　訂　**智盛裝訂股份有限公司**
倉　　儲　**方言文化出版集團**

ISBN　**978-626-96990-0-1**
初版 1 刷　**2023 年 2 月**
定　　價　**300 元**

版權所有　翻印必究 Printed in Taiwan

國家圖書館出版品預行編目（CIP）資料｜青春選讀！！愛倫坡短篇小說選／愛倫坡 作 . 初版 . 桃園市：逗點文創結社 2023.2　192 面；10.5×14.5 公分（言寺；85）譯自：SELECTED SHORT STORIES OF EDGAR ALLAN POE
ISBN 978-626-96990-0-1（平裝）874.57　　111021367

青春選讀

愛倫坡